よろず占い処　陰陽屋恋のサンセットビーチ

天野頌子

ポプラ文庫ピュアフル

もくじ

よろず占い処　陰陽屋恋のサンセットビーチ

第一話

春記再び

一

東京都北区《きた》王子《おうじ》の森下通《もりしたどお》り商店街に陰陽《おんみよう》屋《や》ができてから、三度目の師走《しわす》がめぐってきた。毎年この時期は、クリスマス商戦を盛り上げながら大晦日《おおみそか》の狐《きつね》の行列の支度もしないといけないので、どこの店も大忙しである。

もちろん陰陽屋も例外ではない。

狐の行列への参加は最初から決まっているようなものだし、クリスマスはバレンタインデーに次ぐ恋の一大イベントなので、老若男女が占いにおとずれるのだ。

ただしアルバイト高校生である沢崎《さわざき》瞬太《しゅんた》の目下の敵は、毎日、掃《は》いても掃いても階段に降りつもるイチョウの落ち葉である。

「でもまあ、葉っぱは掃いて捨てればいいんだけど、問題は銀杏《ぎんなん》の臭《にお》いなんだよ」

瞬太は化《ば》けギツネなので、嗅覚《きゆうかく》と聴覚が普通の人間よりはるかにすぐれているのだ。

そのため、イチョウの近くを通りがかるだけで鼻がまがりそうになる。うっかり踏んで、靴《くつ》の裏に臭いがついたりしたら最悪だ。

「銀杏は揚げるともちもちして美味《おい》しいんだけど、なんだってあんなにすごい臭いがするんだろう。種なしぶどうみたいに、臭いなし銀杏っていうのを誰か開発してくれればいいのに」

「瞬太君はそんなに銀杏が気になるのかい？　随分《ずいぶん》鼻がいいんだね」

独《ひと》り言《ごと》のつもりだったのに返事があったので、瞬太は驚き、顔をあげた。

真っ黒なサングラスをかけた長身の男性が、通りから階段の下の方にいる自分を見おろしている。

ぴかぴかにみがかれた黒の革靴、高そうなスーツの胸には絹のチーフ、そしてシトラスウッディの甘くさわやかな香り。

「この匂い……春記《はるき》さん!?」

「二ヶ月ぶりだね。元気だった？」

春記はサングラスをとって、端整な顔に、完璧なのになぜか腹黒そうに見える笑みをうかべた。

山科《やましな》春記。

陰陽屋の店主である安倍祥明《あべのしょうめい》の親戚である。

別名は妖怪博士。冗談みたいな別名だが、れっきとした研究者らしい。そもそも安倍家は学者一族なのだ。

「ヨシアキ君はいる？」

ヨシアキというのは祥明の本名である。

「祥明は今、駅のむこうまで買い物に行ってるんだけど」

「また本屋かな。じゃあ店内で待たせてもらうよ。僕のスーツケースを運んでおいてくれる？」

春記は道ばたに旅行用の大きなスーツケースを置いたまま、階段をすたすたおりてきた。瞬太の横をすり抜けると、勝手に陰陽屋のドアをあけ、店に入る。

「あ、ちょっと……！」

瞬太は慌《あわ》てて階段をかけあがり、スーツケースを持ち上げた。ずしりと重い。きっと本がいっぱい入っているのだろう。

両手でスーツケースを持って、よたよたと階段をおりる。俊敏さには自信がある瞬太だが、筋力はあまりないのだ。

瞬太が肩で息をしながら店内までスーツケースを運び終わった時、春記はちゃっかり店の奥のテーブル席に腰をおろしていた。

長い足を優雅に組み、頬杖《ほおづえ》をついている。

「本はあまり増えてないみたいだね」

瞬太がスーツケースと格闘している間に、店内をチェックしてまわったようだ。

「おれは漫画しか読まないから全然わからないけど、そう言われればそうかも」

「おや、それは残念。珍しい専門書が揃《そろ》っているのに。ほら、この占いの入門書なんか……」

春記は本棚から漢字だらけの古書をとりだして瞬太に見せた。どうやら中国語らしいが、内容はさっぱりわからない。おそらく祥明が実家の書庫から持ち出したものだろう。

そう言えば前回春記が来た時は、『雷公秘伝《らいこうひでん》』なる書物を探しだすよう頼まれ、ひどい目にあったのだった。

今日も厄介な頼み事をもちこむつもりじゃないといいのだが。

「ちょ、ちょっと待ってて」

瞬太はとりあえず休憩室に避難して、お茶をいれることにした。時間稼ぎだ。ガスをひいていないので、電気ポットのお湯にティーバッグである。わざといつもよりゆっくり時間をかけて、丁寧にいれる。

「どうぞ」

「ありがとう」

春記はにっこりと微笑《ほほえ》むが、瞬太のお茶に口をつけようとしない。

もしかして、毒でも入っていると疑われているのだろうか。

そういえば祥明は春記さんのことを嫌っていたからなぁ。

祥明が帰ってきたら、「こんな奴にお茶なんかだすな、追い返せ」って怒られるかもしれない。

いや、間違いなく怒られるだろう。

「あの、春記さん、もしかしたら祥明の買い物、けっこう時間がかかるかも。出直した方が……」

「今日は時間がたっぷりあるから、僕のことは気にしないでいいよ。明日の朝までだって待てるくらいさ」

だめだ、とても帰ってくれそうもない。

とはいえこのまま春記と二人で陰陽屋にいるのも、気づまりである。

早く祥明が帰ってきてくれればいいのに。

瞬太がキツネ耳をピンとそばだてると、折よく階段をおりてくる靴音が聞こえてきた。

祥明か!?

いや、これは……

瞬太は急いで黄色い提灯《ちょうちん》を取ってくると、勢いよく店の入り口のドアを開ける。

「いらっしゃい！」

階段をおりてくる二人の少女と目があった。

都立飛鳥《あすか》高校で瞬太と同じクラスの、三井春菜《みついはるな》と倉橋怜《くらはしれい》だ。

二人とも学校帰りなのだろう。制服姿で、学校の通学かばんを持っている。

「出迎えありがとう。沢崎はいつも働き者だね」

フフッと笑って瞬太のことを呼び捨てにしたのは倉橋。長身の美少女で、しかも剣道部のエースだ。

「沢崎君、店長さんはいるかな？」

かわいらしい声で君《くん》づけしてくれるのが三井である。倉橋とは幼なじみの親友で、部活は陶芸部。

瞬太はこの夏、うっかり口をすべらせるようにして三井に告白したのだが、祥明のことが好きだから、と、答えられてしまった。

うすうすわかっていたことだが、はっきり告げられ、かなり落ち込んだものである。三井のことはきっぱり諦《あきら》め、忘れてしまえればよかったのだが、毎日教室で顔を合わせるのだから、そうもいかない。

今この瞬間も、三井の髪から漂《ただよ》ってくるいい匂いのせいで、鼓動が速くなってしまう。

落ち着け、おれ。

普通の顔で、普通にしゃべらないと。

「ええと、ごめん、祥明は今……」

「おや、きれいなお嬢さんとかわいらしいお嬢さん、はじめまして。占いに来たの？　残念ながらこの店の主は今、おでかけ中なんだけど、急ぎなら僕がかわりに占おうか？」

いきなり割り込んできたのは春記だった。

奥のテーブル席に腰をおろしていたはずなのに、いつのまにか、瞬太の背後に立っていたのである。

「え……？」

びっくりして目をしばたたく三井に、春記はにっこりと微笑んだ。

「そうだな。君の悩み事は、ずばり、恋愛でしょ。恋する乙女のオーラがでているよ」

「えっ!?」

三井の顔がぱーっと赤く染まる。

「君たちが王子を案内してくれるのなら、無料で占ってあげるよ。どう？」

「あ、あの……」

「うちの大事なお客さまをナンパするのはやめてください」

不機嫌オーラ全開で階段に立っていたのは、祥明だった。

二

白い狩衣《かりぎぬ》、長い黒髪に銀縁眼鏡《ぎんぶちめがね》、藍青《らんせい》の指貫《さしぬき》に銀色の扇《おうぎ》。左手には書店の紺色のビニール袋をさげている。

東京の街並みからは浮きまくった格好なのだが、三年目ともなると王子の人たちもすっかり見慣れてしまったようだ。祥明が陰陽師《おんみょうじ》スタイルのまま買い物をしていても、誰も不思議そうな顔ひとつしない。

「やあ、ヨシアキ君、久しぶり」

春記は悪びれることなく、晴れ晴れとした、だがどことなく腹黒そうな例の笑顔で祥明の肩に手を置いた。

「やあじゃありませんよ、まったく」

祥明は銀色の扇で、さっと春記の手を振り払う。

「お嬢さんたちが驚いてるじゃないですか。営業妨害ですから、今すぐ帰ってください」

「ヨシアキ君は生まれた時からの付き合いの僕よりも、お客さんの方をとるのかい!?　ショックだよ……」

春記はわざとらしく左胸に手をあて、唇をかんでうつむく。

「くさい芝居はやめてください。見ている方が恥ずかしいです」

「厳しいな。じゃあかわりにハグしてもいい？」

「だめに決まっているでしょう」

「店長さん、この人は誰なんですか？　どこかで見たことがあるような、ないような」

とうとう我慢しきれなくなって、倉橋が尋ねた。

「今すぐ追い返しますから、気にしないでください」

文句をたれようとする春記の顔を、祥明は銀色の扇で隠す。

「ひどいよヨシアキ君」

「あの、あたしたち、お守りを買いにきただけなので、その人を追い返さないでも大丈夫です」

戸惑《とまど》いながらも三井が言うと、祥明は得意の営業スマイルを全開にした。

「こんな男に気をつかってやらないでもいいんですよ」

甘い声でささやく。

「かわいいお嬢さん、君は優しいね」

春記も負けてはいない。

「えっ、そ、そんな」

祥明と春記の両方からスマイル攻撃を受け、三井はどぎまぎしたように頬を上気させた。耳たぶの先まで真っ赤に染まっている。

「あたしたち本当に、修学旅行のために、旅の安全を祈願するお守りがほしくて……」

「ああ、修学旅行は年明けすぐでしたね」

今年の行き先はハワイだ。

青い海、白い雲、そして色とりどりの水着。

瞬太はこの修学旅行のためだけに、九月からの三ヶ月半を生きてきたと言っても、過言ではない。

「旅行用のお守りってありますか?」

「もちろんです」

倉橋の問いに祥明はにこやかにうなずくと、先週増産したばかりの護符を二人に渡した。毎年、盆暮れとゴールデンウィーク前は旅行特需があるのだ。

「本来は一枚二千円なのですが、この男がご迷惑をおかけしましたので、今日は特別に二枚三千円で結構です」

「やった、ラッキー」

「ありがとうございます」

二人は春記のことが気になるのだろう、後ろ髪をひかれる様子だったが、護符を通学かばんにしまって帰っていった。

こんなにあっさり三井が帰っちゃうなんて、と、瞬太は内心がっかりしたが、今日ばかりはどうしようもない。

「今の護符、ヨシアキ君の手書きだよね？　あの照り具合はどう見ても墨《すみ》だし」

「それが何か？」

春記の問いに、祥明は面倒臭そうに答える。

「案外まめなんだねぇ。それともプリンター持ってないの？」

「持ってますよ、それくらい！　まだ何か用ですか？　物見遊山《ものみゆさん》ならさっさと帰ってください」

「用っていうか、泊めてもらおうと思って」

　春記は瞬太が苦労して運んできた重いスーツケースを指さした。

「はぁ？」

「明日から東京で日本妖怪学の学会があるんだけど、いつも使っているホテルが先月から改装工事でお休みなんだよ」

「ホテルくらい東京にはいくらでもあるでしょう」

「そう思うだろう？　ところがどこも空《あ》いてないんだよ。クリスマスまでまだ一週間あるから平気だろうと高《たか》をくくってたんだけど、みんな気が早いねぇ」

「そういうことなら国立《くにたち》に行ってください。あそこは古いぶん、広くて部屋数もありますよ。春記さんのお母さまの実家ですから、遠慮はいりません。それではもう二度と会うこともないでしょうが、よいお年を」

　京都の山科家に嫁《とつ》いだ春記の母は、祥明の祖母の姉にあたる。つまり春記は祥明の母、優貴子《ゆきこ》の従弟《いとこ》なのだ。

「ヨシアキ君、自分が嫌になってとびだした家を薦《すす》めるのって、人としてどうなのかな」

「では、毎朝、京都から学会に通ったらどうですか？　始発の新幹線ならなんとか間に合うでしょう」

祥明が冷ややかな笑顔で言い放つと、春記は一瞬、押し黙った。

「……いいよ、そこまで冷たいことを言うのなら、そこの飛鳥山《あすかやま》公園で野宿するから」

「はあ？」

「で、警察官に追い出されそうになったら、はるばる京都から訪ねて来たのに、陰陽屋さんが泊めてくれないから野宿するはめになったって、涙ながらに訴えてやる」

「な……！」

「十二月の夜は寒いだろうな。もしかしたら僕、凍死しちゃうかも」

春記は両腕で自分をぎゅっと抱きしめる。

「え……？」

「陰陽屋さんが冷たくしたせいで凍死したって噂《うわさ》があっという間に広がるかもしれな

いけど、別にいいよね？　本当のことだし」

「春記さん……」

「占いって年末年始が稼ぎ時なんだろう？　来年の運勢をみてくれとか、新しいお守りがほしいとか、さっきの女の子たちみたいに旅行用の需要もあるんだね。そんな時に悪い噂がたつなんて残念だねぇ」

春記は上目づかいで、祥明をちらりとうかがった。

本気とも冗談ともつかぬ脅迫に、祥明の笑顔はすっかりこわばり、ひきつっている。

「泊めてくれるのなら、僕も夜はお店を手伝ってあげるよ。学会は毎日五時頃には終わるからね。少なくとも、これよりはましなお茶をだせると思うけど？」

春記は瞬太がだした湯呑みのふちをつつく。

「……あいにく客用のベッドも布団もありませんから」

「もちろん君と一緒のベッドでいいよ」

「そんなに呪《のろ》われたいんですか？」

「そう言われると思って、寝袋持参さ。それならいいだろう？」

「……学会の期間だけですよ！」

わけのわからない脅迫に屈して、ついに祥明は承諾した。

「助かるよ」

春記は満面に笑みをたたえ、祥明をハグしようとするが、銀色の扇ではね返される。

「で、学会は何日間あるんですか？　二日ですか？　まさかだらだら三日間やるんじゃないでしょうね？」

「それが、まさかまさかの一週間なんだよ。どうせ大学はもう冬休みだからね。長逗《ながとう》留《りゅう》になっちゃうけど、よろしく頼むよ」

「一週間……!?」

春記は心底嬉しそうに告げた。いよいよ腹黒《はらぐろ》全開だ。

祥明は目をむいたが、もはや後のまつりである。

「というわけで瞬太君、早速だけど僕の荷ほどきを手伝ってもらえるかな？」

「キツネ君はうちのアルバイトですよ」

瞬太が返事をする前に、祥明がさえぎった。

「どうせ今、お客さん一人もいなくて暇《ひま》だろう」

「誰のせいですか」

「じゃあヨシアキ君が手伝ってくれるの？」

「まさか」

「僕、荷ほどきってすごく苦手だから、一晩中かかっちゃうかもしれないなぁ。うるさくするけどごめんね」

「……キツネ君、今日のバイト代は春記さんから払ってもらえ」

「わかった」

瞬太はおとなしく引き受けた。祥明がもてあましている相手に、自分が勝てるはずがない。

瞬太は陰陽屋の奥にある休憩室まで、春記の重いスーツケースを運び込んだ。祥明はこの休憩室で暮らしているのである。

地下なので陽《ひ》は射《さ》さないし、ガスも使えない。そもそもキッチンがないので、カップ麺くらいしかつくれない。もちろん風呂もないので、寒い中、銭湯通いである。こんな所に住んでいて、よく病気にならないものだ。

「わお、予想以上に狭くて暗いね！」

春記はわざとらしくはしゃいだ声をあげた。

「嫌なら今すぐ京都に帰ってください」

「いやいや、ここで君と濃厚な密着生活を送れるのかと思うと、わくわくするよ」

「……藁《わら》人形でも作るか」

「冗談だよ」

春記が大きなスーツケースからとりだした寝袋は、ふわふわの高級ダウンだった。祥明の安物ベッドよりはるかに暖かそうである。

ホテルの予約をとりそびれたというだけで、そもそも春記はお金に不自由しているわけではないのだ。

「この寝袋があれば、たとえ雪が降っても、飛鳥山で凍死する心配はないんじゃないの？」

瞬太の素朴な疑問に、春記はウィンクした。

「ハートが凍死しちゃうんだよ」

「ハート……」

「キツネ君、相手にするんじゃない。耳が腐るぞ」

「うん」

瞬太は珍しく、心の底から祥明に同意したのであった。

三

その夜は七時に早じまいして、上海亭《シャンハイてい》へ行くことにした。

「久々の肉体労働でお腹がすいたよ」と春記がごねたためである。実際には、荷ほどきはほとんど瞬太がやったのであるが。

上海亭は森下通り商店街にある庶民的な中華料理屋で、安くてうまいラーメンには定評がある。

ラーメンが恋しい季節の夕食時ということもあり、空《あ》いているテーブルがなかったため、三人はカウンター席に並んで座った。

会社帰りとおぼしきスーツ姿の男性客は他にも何人かいたが、胸に絹のチーフをさしているのは春記一人だ。

「カウンターしか空いてなくてごめんなさいね。陰陽屋さんでこの前買った商売繁盛のお札《ふだ》のおかげかしら」

上海亭のおかみさんで、陰陽屋の常連客でもある江美子《えみこ》は、水をだしながら謝る。

「江美子さんの魅力のたまものですよ」

祥明はさらりと、歯のうくようなセリフを口にした。元ホストなので、店の外でもつい、呼吸をするようにさらさらと甘い言葉と笑顔がでてしまうのだ。

「まっ、陰陽屋さんったら、いつもお上手なんだから！」

「いつも本心ですよ」

「おれはラーメンと餃子のセット」

祥明が江美子の手を握ったりしないうちに、瞬太は急いで流れを断ち切った。

「私も同じものを」

「じゃあ僕は……そうだな、フカヒレスープと上海蟹《シャンハイがに》のあんかけチャーハンを」

「えっ!?」

春記はいきなり、メニューで一番高額な料理と二番目に高額な料理を注文した。所詮上海亭なので、両方あわせても四千円未満だが、ここで千円以上使ったことのない祥明と瞬太は絶句する。

「両方いっぺんに頼んだ人は初めてよ……！」

江美子も喜ぶ前に驚いて目を丸くしたくらいだ。

祥明のホスト商法と同等、あるいはそれ以上に江美子の心をつかんだことはまちがいない。

「こちらは陰陽屋さんのお友だち？」

「親戚です」

瞬太の右側で春記がにこやかに答え、左側で祥明が苦虫《にがむし》をかみつぶしたような表情をしている。

「どうりで、どことなく雰囲気が似てると思ったのよね。こんなにきれいな男の人が二人もうちの店に来てくれるなんて、盆と正月がいっぺんに来たみたい」

「こんな顔でよければいつでも見にいらしてください。今夜から一週間、陰陽屋に泊めてもらうんですよ」

「本当に!?　じゃあ毎日会えるってこと!?」

江美子はご機嫌で、エビシュウマイを三人分おまけしてくれたのであった。

祥明と春記にはさまれた、おそろしく居心地の悪い上海亭の食事の後、瞬太は家路についた。

沢崎家は森下通り商店街から徒歩で十分ほどの距離だ。

坂道をのぼっていると、澄んだ冬空にぽちぽちと星が散っているのが目にはいる。

「ただいま」

ぶんぶん尻尾《しっぽ》をふる秋田犬のジロの頭をなで、玄関のドアをあけると、家中に美味しそうな匂いがたちこめていた。

「おかえり。今日は野菜たっぷりのいわしのツミレ汁にしてみたんだ。あったまるぞ」

エプロンをつけてキッチンに立っているのは父の吾郎《ごろう》だ。専業主夫も三年目に入り、料理のレパートリーもかなり増えてきた。瞬太の成績アップをめざしての青魚作戦もしつこく継続中だが、残念ながらまだ効果は確認されていない。

「おかえりなさい。着替えて手を洗って……って、もしかして餃子を食べた？」

料理を並べるのを手伝っているのは母のみどりである。

みどりは看護師なので、夜勤のため夕食を一緒にとれないことも多いが、今日は日勤だったようだ。

「母さんの鼻でもわかるくらい餃子のにおいする？」

「ちょっとだけね」

みどりはふふっと笑った。

みどりはとりたてて鼻が悪いというわけではないが、化けギツネの瞬太とくらべると格段に嗅覚では劣《おと》る。

「あれ、瞬太は晩ご飯もうすませたのか？」

「うん、でも、全然食べた気しなかったから、ツミレ汁も食べる」

みどりの言いつけ通り、着替えて手を洗うと、瞬太は食卓についた。

「祥明の親戚が京都から泊まりにきたから、一緒に上海亭に行ったんだけど、何だか緊張して味がよくわからなかったよ。ほら、十月にも陰陽屋に来た妖怪博士の春記さん」

「えっ、妖怪博士の春記さん、また来たの!?」

みどりの顔にさっと緊張がはしる。

「学会とかいうのがあって、一週間、陰陽屋に泊まるんだって」

「一週間か。長いな」

吾郎の表情も険《けわ》しくなった。

「化けギツネだってばれたら大変なことになるから、気をつけなきゃだめよ。絶対にその人の前で変身しないこと！　耳はつけ耳、尻尾はつけ尻尾、目はコンタクトって言い張ること！」

みどりの注意事項に、瞬太はため息をつく。

「わかってるよ。そんな子供扱いしないでも、大丈夫だから」

「本当かしら」

みどりは瞬太のことを、いつまでも、小さな子供だと思っているふしがある。

「春記さんが泊まっている間はアルバイト休んだ方がいいんじゃないか？」

「そうね、その方がいいかもしれないわね」

みどりと吾郎は相変わらず過保護だ。

王子稲荷《いなり》神社の境内《けいだい》で拾った赤ん坊が化けギツネだったものだから、病院に連れていくわけにもいかず、病気や怪我《けが》に気をつかってきたのがいまだにぬけないのである。

両親が過保護なのは自分のせいだとわかっているが、もう高校二年生なんだし、そろそろ子供あつかいはやめてほしい、と、瞬太は小さく頬をふくらませた。

「バイトは休まないよ。十二月はけっこうお客さん多くて忙しいんだ。それにハワイで使うお金も稼がなきゃいけないから」

「瞬ちゃん、大人になったわね……！」

「しかしそもそも海外に一人で行かせることが心配だなぁ」

「そうよねぇ、あたしたちも一緒に行っちゃだめかしら」

「えっ⁉」

文化祭や体育祭に二人がそろってあらわれた時もすごく恥ずかしかったが、修学旅行はその比ではない。

「絶対にだめだから！」

憤然として瞬太は拒絶すると、お椀のツミレ汁をかきこみ、二階の自分の部屋にあがっていった。

王子稲荷神社でひいたおみくじの「旅行《たびだち》、難あり」というお告げが脳裏によみがえる。

まさか……いやいやいや……でもまさか……！

瞬太は机のひきだしからパスポートをとりだし、ため息をついた。

神さま、仏さま、お稲荷さま！

お願いですから無事にハワイまで行かせてください！

瞬太はパスポートに手をあわせて拝《おが》んだのであった。

四

東京都北区王子にある都立飛鳥高校も、クリスマスと冬休みを目前にして、なんとなくはなやいだ雰囲気につつまれている。ハワイ修学旅行を目前にした二年生たちにいたっては、うかれているとすらいっていい。

瞬太がそれを一番感じるのは、昼休みの食堂だ。

ふきさらしの屋上は北風がきびしくなってきたので、ここのところ瞬太たちは食堂で昼食をとっているのだが、とにかくみんなにぎやかである。

「今日はカレータンメンか……。ちょっとスープのこくがたりないな。だがアイデアは悪くない」

ラーメンをこよなく愛する岡島航平《おかじまこうへい》は、スープを一口味わって、おやじくさくつぶやいた。今日は新メニューのカレータンメンなので、早速試しているのである。

岡島は麺をかみしめて、再びうなった。

「これは……いつもの麺だな」

「そりゃそうだろ」

あきれ顔で江本直希《えもとなおき》がつっこむ。

江本は豚のしょうが焼き定食だ。休み時間に早弁をしたのだが、さらにご飯ものを食べている。これで太らないのだから不思議だ。栄養が身長にまわっているのだろうか。

「そうだ沢崎、店長さんの親戚が、昨日から陰陽屋に泊まってるんだって？」

委員長こと高坂史尋《こうさかふみひろ》も今日はカレータンメンだ。新聞部の部長である高坂は、特にラーメン愛好家というわけではないのだが、常に新鮮なニュースを求めており、食堂の新メニューチェックもおこたらないのである。

「うん、そうだよ。でも、どうして委員長が知ってるの？」

瞬太は吾郎のお手製弁当をひろげた。今日はさんまのしょうが味噌煮とかぼちゃコロッケとほうれん草のごまあえである。

「今朝ネットの王子情報コミュで見かけたんだ」

「ああ」

発信元はきっと上海亭の江美子だろう。

「十月にも来た、妖怪博士の春記さんだよ」

「山科春記さんがまた来てるの？　今度こそインタビューさせてもらえないかな？」

高坂は目をキラリと光らせた。

「うーん、どうだろう。けっこう変な人だよ。何せ祥明の親戚だし」

「だめもとで一応頼みに行くよ」

「でも一月の校内新聞は修学旅行関連でほとんど埋まりそうなんだろう？　これ以上記事っているの？」

高坂に尋ねたのは江本だ。

実は瞬太と江本と岡島も、一応、新聞部員なのだが、記事を書くことはできないので、配布を手伝ったりしている。

「修学旅行の他に、狐の行列のレポートものせる予定なんだけど、それじゃ去年の校内新聞とほとんど一緒になっちゃうから、ちょっと変わった記事がほしいなと思って」

「去年はハワイじゃないよね？　行き先が違えば、記事はかぶらないと思うけど」

「まあそうなんだけど、やれるだけのことはやっておきたいから。妖怪博士の話を聞ける滅多にないチャンスだし」

「委員長はまじめだなぁ」

江本と瞬太は感心した。

「ところで沢崎、まだ先生から呼び出しくらってないよな？」

ずっと一人だけ異次元に魂をとばしていた岡島が、急に真顔で尋ねると、高坂と江本も心配そうな表情で箸《はし》をとめる。

「うん、今のところ」

「ってことは、ハワイは大丈夫なのかな？　赤点いくつあった？」

赤点仲間の江本が核心をついた質問をした。

「えーと、もう返ってきた中では、数学が赤点だった。日本史と生物はぎりぎりセーフだったよ。選択問題が多かったからさ」

全然答えがわからない時でも、とにかく選択問題は全部埋めておけ、というのが、祥明の教えなのである。

「問題は物理と英語か」

「選択問題は全部埋めたけど……」

「ふーん、まあ、今さらホテルの部屋割りや班行動を調整するのも大変だし、赤点がいっぱいあって、補習や留年や落第なんてことになったとしても、ハワイには行けるんじゃないか？」

岡島が自信たっぷりに希望的観測を断言した。

「それならいいか」

「いいのか⁉」

瞬太の答えに一斉につっこみが入る。

「だめかな……？」

瞬太がしょんぼりと肩をおとすと、高坂が苦笑した。

「たしかに岡島の言うことにも一理あるよ。今からじゃ飛行機のキャンセル料だってかかるだろうし、まだ先生から呼び出されてないってことは、セーフなんじゃないかな」

「そうだよな！」

「ところで水着どうする？　ハワイ用に新しく買う？」

迷うところだよなぁと江本が言うと、岡島が、ふふん、と、鼻先で笑った。

「おれたちの水着なんかどうでもいいだろ。そんなものに使う金があるなら、ちょっとでもいいカメラを買うべきだよ。うんとズームできるやつ」

「さすが岡島だな！　おれ、そこまで思いつかなかったよ……！」

「まかせろ」

岡島はニヤリと笑い、親指をたてたのであった。

五

その日、瞬太はいつも通り、午後四時すぎに陰陽屋へ行った。

休憩室では、祥明がベッドに寝そべりながら本を読んでいるだけで、春記の姿はない。

だが、瞬太が童水干《わらべすいかん》に着替えようとしてロッカーの扉をあけると、高そうなスーツやワイシャツで埋め尽くされていた。そうだ、昨日、瞬太がロッカーにしまったのだった。

例の大きなスーツケースと高級寝袋も休憩室に置きっ放しになっている。どうやら京都に帰ったわけではないらしい。

「春記さんはでかけてるの？」

「日本妖怪学会だとさ」

「ああ、そういえば五時までって言ってたっけ」

「その後、懇親会だなんだとひっぱりまわされて、帰ってくるのは夜中になるんじゃないのか？」

どうせならこのままずっと帰ってこないでいいのに、と、祥明は肩をすくめた。

ところが、早々と五時半に春記が帰ってきてしまったのだ。

「ただいま、ヨシアキ君。僕がいなくて寂しかったろう？」

「もう帰ってきたんですか」

祥明は露骨に嫌な顔をする。

祥明にハグを拒否されたので、春記は大げさに悲しげなため息をついて、これまた高そうなロングコートをロッカーにかけた。おそらくカシミヤだろう。

「随分早いんですね」

「予定では五時までだったんだけど、夜はみんな懇親会の予定がみっしりだから、早めに終わったんだ」

「春記さんも懇親会に行けばいいのに」

「僕はああいう席は苦手でね。なにせ妖怪学の学会だから、出席者も妖怪みたいな爺《じじ》婆《ばば》ばっかりなんだよ」

「はあ?」

「はい、お茶どうぞ」

春記は祥明に湯呑みをさしだした。

「どうしたんですか、不気味な」

「ひどいな。夜は陰陽屋を手伝うって言っただろう?　瞬太君を見習ってお茶くみでもしてみようと思ってさ」

「毒味してくれ」

祥明は湯呑みを瞬太にまわす。

「別にいいけど……。あれ、いい匂い?」

春記のお茶をひとくち飲んで瞬太は驚いた。美味しい。さすが自分で、瞬太よりはましなお茶をだせると宣言していただけのことはある。

「これいつものコンビニのお茶じゃないよね?」

「さすが瞬太君、いい鼻してるね。僕のお気に入りの茶葉を持ってきたのさ」

「お茶まで持ってきたの!? どうりであんな巨大なスーツケースになるわけだよ。もしかして東京でホテル探す気なんか全然なかったんじゃない?」

「ふふふ」

春記は悪びれることなく笑みをこぼす。

「さあ、ヨシアキ君もマイ茶葉でいれたお茶をどうぞ」

「う……」

嫌そうに顔をしかめる祥明に、春記は湯呑みをぐいぐいさしだした。春記は妙に嬉しそうである。

その時、瞬太のキツネ耳が二人分の足音をキャッチした。

「お客さんだ」

瞬太は黄色い提灯をつかんで店の入り口まで走る。

ドアを開けると、階段をおりてきたのは、小学生の男の子をつれた母親だった。

「いらっしゃい」

ここぞとばかりに祥明も店の入り口へむかい、瞬太とともに客を迎える。

「いらっしゃい、勇者君。妖怪は好きかな？」

瞬太の後ろに立っていたのは春記だった。昨日もこんなことがあった気がする。

その日はクリスマス前の金曜の夜ということもあり、陰陽屋にも入れ替わり立ち替わりお客さんがおとずれた。

祥明が母親の手相を占っている間、春記はちびっ子に得意の怪談を披露《ひろう》して震え上がらせたり、恋愛相談に来た美人に来年の運勢を無料で占ってあげたり、おまけのお札を書いてあげたり、挙げ句の果てに祥明の占いにケチをつけたり、やりたい放題だった。

気の毒だったのは高坂である。

「はじめまして、山科さん。沢崎君の同級生の高坂といいます。突然ですが、新聞部の取材をお願いできませんか？」

「断る」

いきなりの取材拒否だ。

「今日お忙しいようでしたら、また日を改めて出直しますが」

「男子高校生には興味ないんだ」

「…………」

意表をつかれて立ちつくす高坂の肩を、瞬太がつつく。

「だから変な人だって言っただろ」

「……まあ、仕方ないよね」

さすがの高坂も引き下がらざるをえなかったのである。

六

翌日の土曜日は朝から冷たい雨だった。

暖かな日だまりの昼寝も心地よいが、雨がもたらす催眠効果もなかなかに強力である。

静かな雨音、そして、落ち着いたグレーに沈む街並み……。

「沢崎！　沢崎ってば！」

高坂に強く肩を揺さぶられ、瞬太は目をさました。いつもより声が鋭かった気がする。

「あれ、もう昼メシの時間……？」

「違うよ、沢崎。先生が」

「え？」

顔を上げると、黒いバーコード状の前髪を八二でわけ、ジャケットの上から古風な黒い腕抜きをつけた男性が、教壇から瞬太を見ていた。担任の井上《いのうえ》先生である。

土曜日なので、午前中の授業が終わるとすぐにホームルームなのだ。

「あの……？」

「聞こえましたか？　沢崎君、後で職員室に来てください」

「……えっ…………！」

瞬太だけではなく、クラス全員に緊張がはしる。

ついに恐れていたものが来た。

先生の呼び出しである。

一年生に戻るよう言い渡されたあの夏の日から、ずっとこの時が来るのを恐れていた。

夜行性のキツネ体質のせいとはいえ、授業中は寝てばかりで、成績もどん底。

先生が一年生からやり直せと言うのも、当然である。

あの時はみどりの必死の嘆願と、祥明の特訓のおかげでなんとか保留にしてもらったが、やっぱり二年生には残してもらえないようだ。

三井にふられてしまった今、高校には何の未練もないけど、最後の思い出に、ハワイには行きたかったな……。

瞬太はがっくりと肩をおとした。

ホームルーム終了後。

クラスメイトたちの反応はさまざまだった。

江本はじめ、男子たちの大半は「補習でも追試でも何でも受けるから、とにかくハワイへ連れて行ってくれって、先生に土下座して頼み込め」と助言してくれた。

「今さら期末テストの結果はかえられないし、情に訴えるしかないだろうね」

高坂も同意見である。

「あの……あたし、何て言っていいか……」

三井は目を伏せて沈黙してしまった。

「まあ人生いろいろだから。七転び八起きだよ」

倉橋は一応励ましてくれている……のだろうか？

「沢崎君はあんなに頑張ったんだから、ハワイに行く権利があるよ。あたしも先生に抗議してあげる！」

憤然として決意表明したのは、演劇部の青柳恵《あおやぎめぐみ》である。

瞬太と高坂を目の敵《かたき》にしているパソコン部の浅田《あさだ》真哉《しんや》も「ハワイで君が尻尾をだすのを楽しみにしていたのにな」と、感じが悪いながらも、一応残念がってくれた。

「みんな、ありがとう……」

クラスメイトたちの励ましと憐《あわ》れみの眼差《まなざ》しにおくられながら、瞬太は職員室へむかったのである。

職員室では井上先生が待ちかまえていた。先生の机の脇に立ち、宣言を待つ。

「沢崎君、期末テストで赤点が三科目ありましたね」

「う……」

「ですが、一学期にくらべて、平均点が八点もあがっていました。よく頑張りましたね」

「え……じゃあ」

「二年生に残れることが確定しました。おめでとう」

「そんなことより、修学旅行は⁉」

　そんなこと、という瞬太の言葉に若干ひっかかったようだが、井上先生はあえてスルーしてくれた。

「もちろん参加できます」

「やった！」

「ただし三年生へ進級できるかどうかは、また別問題です。三学期も気をぬかないでください」

　瞬太にクギをさす先生の言葉は、まったく耳にはいらない。

　ハワイだ！

　ハワイに行けるんだ！

三井の水着ってどんなのだろうなぁ……

「聞こえてますか?」

「あ、うん」

「そんなにハワイが好きなんですか?」

「えーと」

ハワイが好き?

いや、たぶん、これが沖縄でもグアムでも、やっぱり自分は頑張ったことだろう。

そこに南の海があり、三井がいる限り。

ありがとう、ハワイ。

ありがとう、三井。

瞬太は心底から感謝したのであった。

七

高坂たちと昼食をとった後、白い息を吐きながら瞬太が陰陽屋へ行くと、祥明が階段の下で待ち構えていた。

「遅いぞ、キツネ君」

長い髪から、煙草《たばこ》のにおいがする。寒い中、どうやら階段で吸っていたらしい。いつもは休憩室でごろごろ本を読みながら煙草を吸うのだが、春記に文句でも言われたのだろうか。

「あ、ごめん。職員室によばれてた」

「その顔だとハワイへ行けることになったんだな」

「あ、わかる？」

瞬太は自分の頰がふにゃりとゆるむのを感じる。

「とにかくおれは今からコンビニまで買い出しに行ってくるから、留守番を頼む」

瞬太はハワイについて熱く語りたかったのだが、祥明は傘をひらくと、狩衣のまますたすたと階段をあがっていってしまった。

「行ってらっしゃい」

早足で遠ざかっていく背中に声をかける。

何となく不機嫌がにじみでていたが、どうしたんだろう。

瞬太の疑問は、すぐにとけた。

黒いドアをあけたら、まだ昼間だというのに、春記がいたのである。

「あれ？　春記さん、今日は学会は？　ひょっとして雨だからさぼったの？」

「今日は中休みなんだよ。一週間ぶっ通しだと疲れるからね」

「ふーん。せっかくだし、本屋にでも行ってきたら？」

「この雨だから、どうもでかける気にならなくて」

どうやら朝からずっと春記が店にいるので、祥明は不機嫌だったようだ。

「じゃあおれ、店の中ではたきをかけるから、春記さんは休憩室で本でも読んでて」

「ありがとう」

瞬太が制服から童水干に着替えるために休憩室へ入ると、春記がついてきた。

「どうしたの？」

「休憩室で本でも読もうかと思って」

「あ、そうか。……あれ」

瞬太はブレザーをハンガーにかけながら、はっとした。

いつもならここでキツネ耳と尻尾をだすところだが、春記の目の前で変身するわけにはいかない。明日の学会で「生きた妖狐《ようこ》発見！」と、大々的に発表され、下手したらよってたかって研究観察されてしまう。なにせ妖狐、つまり化けギツネだって、れっきとした妖怪のはしくれだ。たぶん。

「どうかしたの？」

「ううん、何でもない」

瞬太はそそくさと着替えだけすませると、ロッカーの扉をしめた。

「今日は耳と尻尾はつけないの？」

春記に目ざとくチェックされる。

「うん、あの耳は、その、はたきをかけるのに邪魔なんだよね」

「そうは見えないけど」

「お客さんが来たらつけるよ」

瞬太ははたきを持つと、休憩室からとびだした。

今のは、我ながら、苦しい言い訳だったなぁ。

祥明のように、さらさらと嘘をつければよかったのに。

そもそも祥明がいれば、適当に春記をごまかしてくれただろうけど。

けはじめた。

が。

「だめだめ」

祥明になんか頼ってどうする。

しっかりしろよ、おれ。

瞬太は頭をぷるぷる左右にふると、気合いをいれて、店内の神棚や本にはたきをかけはじめた。

「ふあぁぁぁ」

ついつい大あくびがでてしまう。

雨の日で、しかも昼間となると、立ったままでも眠れるくらいだ。なにせ平日なら、まだ教室で熟睡している時間帯である。

「祥明のやつ、もう三十分近く帰ってこないな。どこのコンビニまで行ったんだよ」

瞬太がはたきをしまうために休憩室へ行くと、春記は椅子に腰かけ、長い足を優雅に組んで本を読んでいた。安倍家の一族がみんなベッドでごろごろ本を読むというわけではないらしい。

「お客さんが来たら、よびに行けばいいさ。といっても、この寒さじゃ、お客さんもなかなか来そうにないけどね」

　もちろんエアコンをつけてはいるのだが、地下なので、足もとからじわりと冷気がたちのぼってくる。

「祥明ってば、一人だけコンビニのおでんやコーヒーでぬくぬくしてるんじゃないだろうな」

「あっはっはっ、それはありそうだね。はたきはもうかけ終わったのかい？」

「うん。たいして広い店じゃないからね」

　可能な限り丹念にはたきをかけてみたのだが、三十分以上かけるのは難しい。

「じゃあ暇つぶしに、占いでもしようか」

「占い？」

「うん、僕もちょっとだけ占いの勉強をしたことがあるんだ。瞬太君のことを占ってあげるよ。もちろんお金はとらないから安心して」

「本当に!?」

「何を占ってほしい？　恋愛かな？」

「ううん、そっちはもういいんだ」

三井にはとっくにふられてるから、と、瞬太は心の中でため息をつく。

「おっと、じゃあ他のことを占おうか。金運、健康、将来のこと、失せ物《うせもの》、尋ね人、何がいい？」

「尋ね人かぁ。おれの親とかかなぁ」

「親？」

「おれ、赤ん坊の時に王子稲荷で拾われたんだ」

春記は一瞬だけ驚きを顔にだしたが、すぐに落ち着きをとり戻した。

「で、実の両親がどこにいるか占ってほしいと。そういえばお店に捜し人の写真が貼ってあるけど、もしかしてお母さん？」

「ううん。あれはお客さんに頼まれた捜し人だよ」

写真の女性の名前は月村颯子《つきむらさつこ》。以前祥明が勤めていたホストクラブのバーテンダーである葛城からの依頼である。颯子は年齢不詳のスーパー化けギツネらしいのだが、今のところ手がかりはほとんどない。

「ふーん。じゃあ瞬太君のお母さんを占ってみようか。タロットでいい？」

「あ、でも、待って。春記さんの占いって、けっこうあたるんだよね？　近々会えるって結果がでても、一生会えないってでても、困るだけだからやっぱりいいや」

いつかは会ってみたい気もするが、会うのがこわいような気もして、自分でもよくわからないのだ。

「瞬太君は見かけによらず臆病《おくびょう》なんだね」

「うっ」

「そんなんじゃ、いつまでたっても彼女なんかできないよ。まあヨシアキ君もああ見えて意外にお堅いっていうか、女っけがないからなぁ。優貴子さんの妨害もあるだろうけど。そうだ、僕と一緒に京都に来ない？　なんなら来週からでも」

「えっ、京都!?」

唐突な提案に、瞬太はきょとんとして首をかしげる。

「三年も僕の助手として花婿修業をつめば、立派なモテ男になれるよ。占いと料理と話術、この三つをマスターしたら、女の子のハートはわしづかみさ」

「わしづかみ……！」

瞬太の心はぐらりとゆれた。

そうだ、祥明だって、占いと話術だけでナンバーワンホストになったという話だし、その上、料理までできるようになったら、男として完璧なんじゃないか!?

「だ、だめだよ。おれはまだ高校生だし……勉強は嫌いだけど……でも、京都に行くなんて、父さんと母さんが心配するから……。それに、一月には修学旅行でハワイに行くんだ。だから京都には行けないよ」

「ふむ」

瞬太がごにょごにょ言っていると、春記は首をかしげた。

「瞬太君は高校を卒業した後はどうする気なの？」

「えっ？」

「勉強が嫌いなら、進学はしたくないんだよね？　となると、就職するつもりなのかな？」

「それは、まあ、そうなるのかな……？」

常に落第の危機にさらされてきたので、卒業後のことなど真剣に考えたことがないのである。

そもそも三年生になれるかどうかだってあやういのだ。

「その様子だと、どんな仕事がしたいのか、まだ考えてないいんだね。どうせ就職するなら、僕の助手になってモテ男修業するのがいいと思わない？」

「うーん、そう言われれば、そうなのかも……？」

さすが祥明の親戚、たくみすぎる弁舌に瞬太は丸め込まれそうになる。

そうだ、どうせ卒業したら三井とは会えなくなるんだし、東京でも京都でもいいんじゃないか？

たとえ瞬太が卒業できなくても、三井は確実に三年で卒業していくだろうし。

そんな気持ちになりかけた時、コトン、コトン、と、ためらいがちに階段をおりてくる靴音が瞬太の耳に入った。

この靴音は！

大急ぎで黄色い提灯を手にして、入り口のドアをあける。

「いらっしゃい、寒かっただろう？　早く入って」

「ありがとう」

倉橋と一緒に来ることが多い三井だが、今日は珍しく一人である。おそらく倉橋は剣道部の練習中なのだろう。

「あ、沢崎君、聞いたよ。一緒にハワイに行けることが決まって良かったね」

「うん、ありがとう」

「二年生に残るために、ずっと頑張ってたもんね」

「ええと、うん、まあね」

瞬太は照れ笑いをした。

動機が三井とハワイに行きたかったからだなんて、口が裂けても本人には言えない。

「おや、先日のかわいらしいお嬢さん、またお会いできましたね」

「こんにちは」

例によって春記が勝手に店の入り口まででてくると、三井の表情がかすかにあらたまる。

どうやら緊張しているようだ。

「祥明は今、買い物に出てるんだけど、よんでくるからちょっと待っててくれる？」

「あ、ううん、いいの。行かないで。今日は店長さんじゃなくて、春記さんに占ってもらおうと思って来たから」

「えっ、春記さんに？」

そういえば春記は三井と倉橋に、無料で占いをしてあげるかわりに、王子を案内してくれとか何とか言っていたな、と、瞬太は思い出した。

「あの……本当に占ってもらっていいですか？」

「僕で良ければ。何を占いましょうか？」

「その……ここではちょっと……」

三井は口ごもると、視線をそらした。

瞬太の前ではできない秘密の相談ということだろうか。

「あ、じゃあ、おれ、外で待ってるよ」

「だめ。沢崎君が風邪ひいちゃう」

三井は童水干の袖《そで》をつかんで瞬太をひきとめる。

「そこの喫茶店に行きましょうか」

「すみません、お願いします」

三井はぺこりと頭をさげた。

八

三井と春記は、陰陽屋の近くにある喫茶店に入った。

土曜の午後だというのに、冷たい雨のせいで、こちらも客の姿はまばらである。

店の隅の席に腰をおろし、春記はコーヒーを、三井はミルクティーを注文した。

「恋占いかな？」

春記の問いに、三井はこくりとうなずく。

「あの……あたし、ずっと片想いをしている人がいるんです」

「気持ちは伝えたの？」

「まだです」

「相手はフリーなの？　もしかして彼女がいる人？」

「フリーみたいなんですけど、でも、あたしのことは何とも思ってない……嫌いでもないけど、好きでもないみたいで……親切にはしてくれるんですけど……」

三井は苦しそうな表情で口ごもる。

「つまり君の気持ちに気づいていない様子なんだね」

「そうみたいです。このままあたしが何も言わなかったら、きっと一生気づいてもらえない……。伝えなかったら、あたしの恋もなかったことになりそうで……」

「だから、思い切って告白してみようと？」

　春記の問いに、三井はこくりとうなずく。

「でも、伝えたからって、うまくいくとは限りませんよね。たぶん、あたしが何とも思われていないっていうのがはっきりするだけ。もしかしたら、すごく気まずくなっちゃうかもしれない。そう考えたら、怖くて……どんどん迷うばっかりで、自分では答えがだせなくて……。それで占いをお願いしたいんです」

　春記は三井ににっこり微笑む。

「恋する乙女の永遠の悩みだね。かわいいお嬢さんのために全身全霊で占うって約束するよ。君と相手の生年月日は？」

「相手の生年月日がわからないと占えませんか？」

「いや、大丈夫だよ。君の運勢をもとに割りだしてみよう」

　三井の誕生日を聞くと、春記はパラパラと本をめくりはじめた。三井は息をころし、じっと春記を見つめている。

「ああ、やっぱり」

春記のつぶやきに、三井はびくっと身を震わせた。

「近々、時がおとずれる、と、でているね」

「時がおとずれる……？」

抽象的な春記の言葉に、三井は首をかしげた。

「んー、まあ、告白しちゃってもいいんじゃないかな？」

「えっ……!?」

春記にあっけらかんと言われ、三井は目を大きく見開いた。


月曜日は風の強い、冬晴れだった。

食堂でカツ丼とカレーライスを平らげる倉橋の前で、三井は心ここにあらずである。

「春菜、いいかげん食べないと、ラーメンがのびちゃうよ」

「あ、うん、わかってるんだけど、お腹がすかなくて……」

「例の占いが気になってるの？」

「うん」

土曜の夜、三井は倉橋の携帯に電話をかけ、春記の占いのことを話したのだった。

「でもさ、時がおとずれるって、どういうことなのかな。全然意味がわからないんだけど。つまり告白のベストタイミングが近いってこと？」

「たぶん……」

「近々って、今週ってこと？　それとも来週？　まさか来年じゃないでしょうね？」

「わからないの」

三井は頭を左右にふった。

「どうせなら、告白の成功率が高い日を占ってもらえばよかったのに」

「聞いたよ。でも、その時がきたらわかる、の一点張りなの。いきなり今日だったらどうしよう。緊張する……」

倉橋は眉をひそめ、こっそり小さく舌打ちをする。

「今日は授業にも全然集中できなくて、だめだめなの」

何をしていてもうわの空になっちゃう、と、三井はため息をついた。

「占いなんかに振り回されちゃダメだよ。あんなの、所詮、当たるも八卦《はっけ》、当たらぬも八卦なんだから。しかも山科さんって占いは素人《しろうと》なんでしょ？　もう忘れちゃえば？」

「うん……」

そう答える三井の目はうつろで、倉橋の声が聞こえているんだかいないんだか、たしかにうわの空である。

「しっかりして。そんな調子でぼんやり道を歩いてたら、事故にあっちゃうよ」

「うん……」

やっぱり聞こえていない。

「……今日、告白、しようかな」

「は⁉」

倉橋はカレーを山盛りにしたスプーンを、落としそうになった。

「ずいぶんいきなりだね。バレンタインまで待ったら？　せめてクリスマスとか」

「この緊張感がずっと続いたら、とても生きていられないよ。怜ちゃん、お願い。一緒に陰陽屋さんへ行って。も、もちろん、お店の前まででいいから」

「……今週はずっと部活が終わるの遅いよ。三学期に入ってすぐに新人大会の予選があるから、毎日七時近くまで特訓しててさ」

「待ってる。むしろ沢崎君が帰るくらい遅い時間の方がいいし」

「わかった」

苦《にが》りきった表情で、倉橋はしぶしぶ同意した。

九

冬至《とうじ》の頃の東京は、午後五時前には暗くなってしまう。王子駅前ではずらりとつるされた狐の行列の提灯があかあかとともり、大通りを照らしている。

午後七時すぎ。陰陽屋の店内で、祥明と春記の険悪な空気を無視して瞬太がはたきをかけていると、階段の上でぼそぼそと話している女の子たちの声が聞こえてきた。

キツネ耳の聴力をもってしても話の内容までは聞き取れないが、この声はもしや。

入り口のドアを開けて見上げると、商店街の灯《あか》りの下に、期待通りの二人の姿が見えた。

「あ、やっぱり三井と倉橋だ。いらっしゃい」

瞬太が声をかけると、二人は一瞬、視線をからませた。何か瞬太には聞かせたくない女子トークでもしていたのだろうか。

「こんにちは、じゃなくて、こんばんは、沢崎君」

「お疲れ。こんな遅い時間までバイトしてたんだっけ」

二人は階段をおりてきながら瞬太に言う。

「うん、毎日閉店の八時までいるよ」

「そっか」

なぜか倉橋が三井にむかって肩をすくめるような仕草をする。

「三井と倉橋がこんな時間に来るのって珍しいよね。でも丁度良かったよ。さっきまで占いのお客さんで、すごく混んでたんだ」

「やっぱりクリスマス前は混むんだね」

「陰陽屋へようこそ」

二人の声を聞いて、祥明も店の入り口まででてきた。いつものようにさわやかな営業スマイルをうかべている。

「今日はまだ、その時ってやつじゃないみたいだね」

倉橋が小声で言うと、三井は安心と落胆が入りまじった表情でうなずいた。

「何が今日なんですか？」

「ええと、その、来年の大会にむけて新しい必勝祈願のお守りを買うのは、気が早すぎるかと思って」

祥明の問いに答えたのは倉橋だ。

だが、いかにも言い訳っぽい。

「ありがと」

三井がごくごく小さな声で、倉橋の背中にささやいたのを、瞬太のキツネ耳は聞き取ってしまった。

三井のために、倉橋がとっさに言い訳をでっちあげたのだろうか。

瞬太はちらっと祥明の様子をうかがったが、普通の人間の聴力では聞こえなかったようだ。

「そういえば、あの、京都から来た山科さんは？」

倉橋は薄暗い店内を見回しながら尋ねた。

「今日はまだ帰ってきてないんだ」

「永遠に帰ってこないでいいんですけどね」

祥明はさわやかに毒を吐く。そうとう鬱憤《うっぷん》がたまっているのだろう。

「一週間泊まるんでしたっけ？」

「そうなんですよ、迷惑な話でしょう？　キツネ君、お茶をおだしして」

「うん」

「クリスマスは陰陽屋さんも混むんですね」

盗み聞きをするつもりはないのだが、休憩室にいても、三井の声が聞こえてしまう。

「前日までは占いのお客さんでけっこう混むんですけど、二十四日はがらがらですよ」

「そういうものなんですか」

「みなさん、クリスマスは家族や恋人とすごされますからね」

「店長さんはイブの日はデートしたりしないんですか？」

「お店がありますから」

瞬太はお茶の支度をしながら、はっとした。

さっきから二人はそれとなく祥明の予定を探《さぐ》っているようだ。もしかして、三井の告白のタイミングをはかっているのだろうか？

そうだ、クリスマスだし、プレゼントを渡して告白するつもりなのだ。きっとさっきの目配《めくば》せは、その相談をしていたからに違いない。

万が一、三井と祥明がうまくいって、つきあうことになったら、と、想像しただけで、正直、いてもたってもいられない。

だが、本当に三井のことが好きなら、いさぎよく応援してあげるべきじゃないのか？

どうせ自分は夏にきっぱりふられているのだ。

それに三井とハワイは自分にとって大恩人である。三井がいなかったら、間違いなく、一年生に戻されていたことだろう。

たとえ三井が選んだ相手が、よりによって祥明でも。

瞬太は断腸の思いで覚悟を決めた。

こうなったら自分が三井に告白のチャンスをつくってあげよう！

去年のクリスマスにお客さんが少なかったからといって、今年も同じとは限らない。

どうせなら春記がいない今がチャンスだ。

だがどうやって三井と祥明を二人きりにする？

ティーバッグがきれたことにして、コンビニまで買い出しに行くとか？

いや、自分一人がいなくなっても、まだ倉橋がいる。

三井を祥明と二人きりにしてあげるには、自分と倉橋の両方がいなくなる必要がある。

どうすれば自然に倉橋を店から連れ出せるだろうか。

「たとえば……」

瞬太がお茶をだそうとした時に、突然のめまいでよろけてしまい、倉橋の制服に少しばかりお茶をかけてしまうというのはどうだろう。そうしたら倉橋を上のクリーニング屋に引っ張って行き、三井を祥明と二人きりにしてあげられるんじゃないだろうか。

うん、完璧な計画だ。

「よし」

瞬太はわざとぬるめにお茶をいれ、湯呑みをお盆にのせて、テーブル席にむかった。

「お待たせ。お茶を……ああっ」

瞬太は精一杯さりげなくよろけてみせた。

まるで俳優のようないい演技だ。

だが、よろけた時、うっかり本棚に片手をついてしまったのが失敗だった。頭上から本がドサドサ降ってきたのである。

もともと祥明が本棚の上に適当に積んでおいた本を、春記が更に適当に積みかえ、瞬太が毎日はたきをかけまくったのがいけなかった。かなり不安定になっていたようだ。

「うわっ」

瞬太は本を避《よ》けようとするが、お盆に湯呑みがのっているので、いつものように俊敏に動けない。へたに動くと、三井と倉橋の顔にお茶がかかってしまう。

「キツネ君!?」

「キャッ」

「あぶない！」

本がひととおり落ちきったあと、瞬太がおそるおそる目をあけると、自分は祥明にかばわれていた。

どうなってるんだ⁉

「あっ、ごめん、お茶かからなかった⁉」

瞬太があわてて身体《からだ》をおこすと、三井も顔をあげる。

「あたしは大丈夫だけど……」

三井におおいかぶさって、かばっていたのは倉橋だった。

「店長さん、客であるあたしたちをさしおいて、沢崎を守るってどういうこと？」

倉橋は本をはらいのけ、強い口調で祥明に迫る。

「これでも一応、お二人をキツネ君からお守りしたつもりなのですが」

祥明は狩衣の白い袖を広げてみせた。瞬太がぶちまけたお茶は、ほとんど祥明の狩衣にかかっていたのだ。

「えっ、あっ、大丈夫ですか⁉」

三井が驚いて花柄のハンカチをさしだした。

「大丈夫です。一階のクリーニング屋さんが何とかしてくれるでしょう」

「ごめん、祥明！」

「まったく、何年うちでお茶くみをやってるんだ」

「三井と倉橋も本当にごめん」

　瞬太は平謝りである。

「あの……今日は、その……、で、出直します」

「そうね。店長さんもすぐ着替えた方がよさそう」

　三井と倉橋はかばんをかかえ、そそくさと入り口にむかった。

「あ、そうだ、店長さん」

　急に三井が振り向く。

「何でしょう？」

「今年も大晦日の狐の行列には参加するんですか？」

「ええ、もちろんです」

「商店街の会長さんから言われてるからさ」

「そうですか。楽しみにしています。じゃあまた」

　それだけ言うと、先に階段をのぼった倉橋の後を追いかけていった。

　入り口の黒いドアが閉まったのを確認すると、祥明はくるりと振り向き、瞬太を見すえる。

「キツネ君、何かろくでもないことをたくらんで失敗したな？」

祥明は銀色の扇で瞬太の鼻先をつんつんついた。

「な、何を言ってるんだよ」

口で否定しても、尻尾がピョンとはねあがる。

くそっ、なんて不便な身体なんだ。

「三井さんの気でも引こうとしたのか？」

「ち、違……」

「まあいい。クリーニング代はおまえのバイト代からひいておくからな」

「うう……」

今日ばかりは文句のつけようがない瞬太であった。

十

瞬太が祥明に平謝りしている頃、三井と倉橋は人通りの少なくなった商店街を歩いていた。コンビニと飲食関係をのぞくほとんどの店が、七時前にはシャッターをおろしてしまうのだ。

「あたしたちをかばってお茶をかぶったっていうのは、後から考えた言い訳だよね。店長さんは、沢崎君をかばってた」

アスファルトの上で伸び縮みする自分の影を見ながら、三井はぽつりと言った。

「そう？」

倉橋は前をむいたまま答える。

「うん、そうだった。怜ちゃんだって気づいたでしょ？　あたしより動体視力いいんだから」

まさかこんな形でその時がおとずれるとは思わなかったけど、と、三井は苦笑した。

「春菜……」

「何となくわかってた。店長さんにとって、一番大切なのは沢崎君なんだよ」

「あいつ、化けギツネだからね」

「いいなぁ。あたしもキツネに生まれたかったなぁ」

三井は夜空にむかって、ふう、と、白い息を吐いた。ほんの少しだけ満月にたりない月が、南の空に輝いている。

「でも今年も狐の行列を一緒に歩くことができる。それだけで十分、幸せだよ」

自分に言いきかせるように、三井はつぶやく。

「化けギツネも一緒だけどね」

「そうだね」

ふふっ、と、二人は笑みをこぼした。

親友がそっと自分の肩に手をそえてくれるのを感じる。

力強く、あたたかなてのひらのぬくもり。

「春菜は見かけより何倍も優しくて、強くて、頭が良くて、素敵な女の子だよ。誰よりあたしが一番よく知ってる。化けギツネなんかを大事にして、春菜の気持ちに気づかないふりをするなんて、あの男は本当に見る目がないんだから」

倉橋の言葉に、三井は「ありがとう」と唇を動かしたが、声にならなかった。

丸い月の輪郭がぼやけて見えるのは、薄雲のせいだ。

きっと。

たぶん。

……たぶん？

喉《のど》から嗚咽《おえつ》がもれそうになるのを押し殺すために、奥歯をぎゅっとかみしめる。

今日の月もきれいだけど、明日の月はもっときれいだ……。


夜八時すぎ。階段上にだしている看板を瞬太がしまっていると、春記が帰ってきた。ふんわりとアルコールの匂いをまとっている。

「春記さん、三井さんに何か余計なことをふきこみましたね？」

ホスト用のてらてらした黒服に着替えた祥明は、仁王立ちで腕組みし、春記を問い詰めた。

「どのお嬢さんのことかな？」

「三井春菜さんですよ、キツネ君の同級生の」

「ああ、あのかわいいお嬢さん。うん、迷ってたから、ちょっと背中を押してあげたんだよ。だって彼女がぐずぐずしていると、瞬太君が京都に来る決心がつかないだろう？」

春記があまりにさらりと言ったので、瞬太はとっさに何のことだかのみこめなかったのだが、祥明は違ったようだ。

「やっぱり目当てはキツネ君ですか」

「おれ!?」

瞬太は耳を疑った。

「なんで春記さんがおれを？　あっ、もしかして……!?」

「そう、君が妖狐だからだよ、瞬太君」

妖怪博士はにっこりと微笑んで、三角の耳に手をのばした。瞬太はとっさに、祥明の背後に逃げこむ。

「そんなに警戒しないでも、とって食べたりしないよ」

「学会で見せ物にしたりしない？」

「見せ物にもしないし、発表もしないよ。約束する」

「キツネ君のことは誰から聞いたんですか？」

「優貴子さんがね、父も夫も息子もキツネの子に夢中だっておかんむりだったから、もしかして、って、ひらめいたのさ」

また母か、と、祥明はうんざりした様子でため息をついた。

「高級ホテルを愛してやまない春記さんが、身体をはってキツネ君をスカウトにきた執念には感心しますが、彼はうちの大事なマスコットギツネなんです。絶対に譲りません」

「本人が京都に来たいって言ったら？　瞬太君はモテ男修業に興味津々のようだよ」

「う」

「キツネ君、行きたいのか？　京都は王子稲荷と日本を二分する伏見《ふしみ》稲荷のお膝元《ひざもと》だ。しかも、冬寒く夏暑い盆地で有名で、湿度も高いし、昼寝には一番むかない場所だぞ」

「ええっ⁉」

伏見稲荷の方はピンとこないが、昼寝にむかないのは困る。

「ごめん、春記さん、ハートわしづかみ修業は気になったんだけど、おれ、やっぱりまだ王子にいたい」

「わかったよ。だけど気がかわったらいつでも来てくれていいからね。待ってるよ」

不屈の男は端整な容貌にさわやかな笑みをうかべたのだが、やはりどことなく腹黒そうに見えるのだった。

翌日。

橙色《だいだい》に染まりはじめた空の下、瞬太が陰陽屋に行くと、休憩室のロッカーはがらんとしていた。スーツケースと寝袋もなくなっている。

「春記さんは？　ホテル見つかったの？」

「京都へ帰った」

ベッドの上で本を読みながら祥明は答えた。無事クリーニングが終わった狩衣を着ている。

「学会って一週間やるんじゃなかったの？」

「大御所先生が連夜の宴会で胃腸をおかしくして、緊急入院したから、学会は中止になったそうだ。きっと妖怪のせいだって言ってた」

「……なんだか季節はずれの台風が来たみたいだったね」

「もう二度とあらわれないよう、ドアにお札でも貼っておくか」

祥明はかなり本気のようだ。

「ああ、それから、クリスマスイブは臨時休業にするから、来ないでいいぞ」

「え、どうして？　もしかしてデート？」

誰とすごすんだ？

まさか三井？

勝手に想像して、瞬太は青くなる。

「クラブドルチェに出張だよ。クリスマスパーティーの余興で、占いをやれってさ」

面倒臭いことこの上ないが、雅人《まさと》さんの言いつけじゃ断れないからな、と、祥明はため息をつく。

「……ええと、何て言うか……パーティーでご馳走いっぱい食べられるといいな！」

「キツネ君……」

祥明はあきれ顔で、眉を片方つりあげた。

その夜、沢崎家では、三人で鍋をかこんだ。大根おろしがたっぷりのった、さばのみぞれ鍋である。

「陰陽屋のお休みがもっと早くわかっていれば、夜勤なんかいれなかったのに。若いナースに頼まれて、かわってあげちゃったわよ」

こたつでみかんの皮をむきながら、みどりはひどく残念そうにぼやいた。

どうやら瞬太は自宅で、吾郎と二人のクリスマスをすごすことになりそうだ。

「いいよ別に。高二にもなって、家族そろってクリスマスパーティーとか期待してないから」

「だって父さんと二人っていうのもあれじゃない？」

「あれで悪かったね」

今年はケーキに挑戦してみようかな、と、吾郎ははしゃいでいる。

「そうだ、高坂君たちをよんだら？」

「みんな予定をたてているみたいだから、無理かな」

ちなみに江本と岡島は最近行きはじめた予備校のパーティーで、高坂は妹と弟の面倒をみてやる、という、高坂らしい予定だ。

「まあ大晦日には狐の行列があるしね」

「そうだね」

瞬太は壁にかけられているカレンダーを見あげた。

沢崎家では平和な、クラブドルチェでは大騒動のクリスマスを終え、王子は年の瀬をむかえた。

快晴の大晦日の夜。

いつものように、陰陽屋の二人と、新聞部部員たちと、三井と倉橋も和服姿で列に並んだ。

早くも通りの両側は観客でいっぱいである。

午前零時。

真冬の澄んだ星空の下、それぞれの思惑を包み込みながら、おごそかに、にぎやかに、狐の行列は進みはじめた。

第二話

アロハdeハワイ

一

あけて一月三日。

都立飛鳥《あすか》高校の二年生たちは、待ちに待った修学旅行に出発した。

羽田《はねだ》からホノルルまでは、約七時間のフライトである。

「まだ三日の午前中なのか。変な感じだな」

ホノルル国際空港から乗った観光バスの中、瞬太《しゅんた》は、うーん、と、伸びをした。

時差の関係で、羽田を三日の夜遅く飛び立ったにもかかわらず、三日の午前中のハワイに着いたのである。

「十九時間遅れだからね。日本はもう四日になってるよ」

「ふーん？」

「今日の最高気温は二十九度か。思ってたほど陽射《ひざ》しも強くないし、気持ちのいい気候だね」

早速高坂《こうさか》は携帯電話をハワイ時間にセットし直している。

「うん、これは昼寝にぴったた……ふぁぁ」

瞬太は思いっきり大あくびをした。

「おれも眠いよ……」

同じくねぼけまなこをこすっているのは江本《えもと》だ。

「飛行機で全然眠れなくてさ……。ほら、おれってこう見えても繊細だから」

「ああ、遠足の前の晩、興奮しすぎて小学生が眠れないっていうあれか」

岡島《おかじま》がプッとふきだす。

「でも沢崎《さわざき》は飛行機の中でがっつり熟睡してたよな？　まだ寝たりないのか？」

「うーん、そうなんだけど……」

生まれて初めての飛行機で眠れるのだろうか、と、瞬太はひそかに心配していた。しかしいざ乗ってみたら、あっという間に眠くなってしまい、機内食のスパムおにぎりを片手にうつらうつらしていたくらいだ。

「あっ、もしかしてこれが時差ボケってやつかな？」

瞬太の言葉に、高坂が首を横にふる。

「沢崎、東京はまだ朝だし、昼寝って時間じゃないよ」

「朝だから眠いんじゃないの？　沢崎はいつも遅刻ぎりぎりで登校してくるだろ」

江本がそばかすのういた顔でにやりと笑った。

「ああ、そうか。沢崎って、夜が明けるともう眠くなるんだっけ？」

「…………ん……」

「って、うわ、もう寝てる!?」

「沢崎、ガイドさんがこっちを見てるぞ」

高坂と江本の声が聞こえるが、眠いものは眠いのだから仕方がない。

バスのゆれって気持ちいいなぁ……。

…………。


「沢崎、ホテルに着いたよ。荷物おろさないと」

「ああ、ホテルに着いたんだ……」

「部屋に荷物をおろしたら晩ご飯だよ」

「えっ、晩ご飯？」

ようやく瞬太は目をあけた。

「もう夕方の六時だから」

高坂が腕時計を見せながら言う。

「……おれ、もしかして一日中寝てた⁉　せっかくハワイまで来たのに⁉」

さすがの瞬太もショックを隠しきれない。

苦労を重ねてやっと修学旅行にこぎつけたのに、しかも生まれて初めての海外なのに、貴重な一日目が寝ているうちに終わっていたなんて！

「いや、時々おきてたよ。お土産屋さんでお昼ご飯食べた時とか、パイン農園ではアイス食べたし」

高坂の言葉に、ぼんやりと記憶がよみがえってきた。

「あ、パインのアイスフロートはうっすら記憶にある。パインジュースにパインアイスだったよね。昼は……チキンと魚だった？」

「そうそう、フリフリチキンとマヒマヒっていう魚にフルーツ盛り合わせ。それは覚えてるんだな」

江本はあきれながら感心している。

「じゃあノースショアの鯨《くじら》の潮吹きや、パールハーバーの戦艦や、『この木なんの木』の公園は？」

「うーん……記憶があるような……ないような……。あ、公園は、ここで昼寝したらすごく気持ちいいだろうなって思ったことだけ覚えてる」

「バスの中でもかなり気持ちよさそうに昼寝してたぜ」

「結局どこでも寝られるんだろ?」

岡島と江本が同時につっこむ。

「へへへ」

瞬太は耳の裏をかいて、照れ笑いをうかべたのであった。

二

その頃。

「キツネ君たちは今頃もうハワイか……」

祥明《しょうめい》はいつもの休憩室の狭いベッドで、寝正月を満喫していた。陽が射さない地下なので、寝てすごすには最適である。

「……まだ十時か。もう一度寝るかな……」

時計を確認して、布団をかぶりなおした時。

コンコン
入り口の黒いドアをたたく音がする。

「こんな朝っぱらから宅配便か……ご苦労なことだな……」

口ではねぎらうようなことを言いながらも、決してベッドからでようとはしない。

そのうち諦《あきら》めて帰るだろう、と、高《たか》をくっていたのだが、諦めるどころか、ドアをたたく音が次第に大きくなってくる。

ドンドン
「おはようございます！」

「いるんでしょう！　祥明さん!!」

ドンドンドンドンドン
「む……」

あの声は……。

パジャマがわりのてらてらした白いサテンのシャツの上に、カーディガンをはおって店の入り口までよろよろと歩く。

鍵を開けた途端、いきおいよく黒いドアが開いた。

「おはようございます、祥明さん」

「あけましておめでとうございます」

沢崎夫妻だ。

狐の行列で会ったので、厳密には今年に入ってから二度目である。

「おはようございます。キツネ君に何かあったんですか？」

祥明は寝起きのかすれ声で尋ねた。

「いえ、今のところまだ連絡はないんですけど、何かおきるんじゃないかと心配で。メールの返事もちっともよこさないし」

「どうせ居眠りしてるだけじゃないですか？」

「何せ初めての海外旅行でしょう？　あの子、気仙沼《けせんぬま》のあたしの実家よりも遠くには行ったことないんですよ」

気仙沼は宮城県で一番北の、岩手との県境にある都市だ。

「いや、距離自体は、中学の修学旅行で行った京都の方が遠いんじゃないかな？」

吾郎《ごろう》の訂正にみどりは首をかしげる。

「そうかしら？　とにかく本州からでたことがないんです。それがいきなりハワイだなんて。うっかり者だし、いつもぼんやりしているし、寝てばっかりだから、事件や事故に巻き込まれてやしないかと……」

「何かあれば学校から連絡がありますよ。引率の先生が何人もついて行ってるんでしょう？」

「先生が見ていないところで……う、海に落ちたりしている……かも……」

みどりの不吉な言葉に、吾郎も青い顔でうなずく。

「キツネ君ならお稲荷《いなり》さまの並々ならぬご加護があるし、海に落ちるくらいどうってことありませんよ」

「だってハワイですよ！　いくらお稲荷さまでも、正月早々、ハワイまで行ってるキツネの面倒をみてくれるかどうか……」

「お願いです、祥明さん、ハワイの瞬太が無事かどうか、占っていただけませんか!?」

沢崎夫妻の必死の懇願に、祥明は困惑した。

過保護だとは知っていたが、いくらなんでもいきすぎだ。

「いや、今日はまだ正月休みなので……」

「もう一月四日ですよ！」

「正月休みあらため冬休みということで。それに、たとえ占いで悪い結果がでても、行ってしまったものは、もうどうしようもないでしょう」

「……その時は、今からでも、ハワイへ追いかけます……！」

みどりの決意表明に、吾郎も大きくうなずく。

「…………」

祥明は大きくため息をついた。

だめだ、諦めてくれそうもない……。

「今おきたところなので、三十分ほどお待ちいただけますか？」

「わかりました」

「よろしくお願いします」

二人は深々と頭をさげたのであった。

三

ハワイ、二日目。

再び朝からクラス全員で大型バスに乗り、クアロア牧場へむかった。名前に牧場とついているが、広大なリゾート観光センターである。

「馬に乗ったりするの？」

「馬もいるみたいだけど、うちの班はジープと船だよ」

瞬太の問いに高坂が答えると、後ろの席から江本が身体《からだ》をのりだす。

「よかったな、沢崎、今日もよく眠れるぞ」

「えっ、おれ、別に、ハワイに寝に来たわけじゃないよ」

「あやしいな」

なんて話をしながらも、やっぱりバスのゆれは心地よい。

エアコンのそよ風とガイドさんの声が眠気を増幅させるのだ。

だめだめ、今日はジープでジャングルを疾走……。

「沢崎、もうすぐホテルに着くよ」

「え……？」

　例によって高坂の声で瞬太は目をさました。

「部屋で着替えて、ビーチに行こう」

「えっ、あれ、ジープは？」

「乗ったよ。落っこちそうになったじゃない。でも覚えてないんだね？」

　高坂が苦笑する。

「そんなこともあったような……なかったような……」

「船から海亀が泳いでいるところも見たよ。名主《なぬし》の滝にいる亀十匹分くらいのでかいやつ」

　江本が解説してくれたが、海亀の記憶はまったくない。

「……昼食はビュッフェだった？」

「おお、そこは思い出したんだ。偉いぞ」

　江本にほめられて、嬉しいようなそうでもないような、複雑な気分である。

「ぶっちゃけおれも、船ではほとんど寝てた。これから行くワイキキビーチにそなえて英気を養う必要があったからな」

岡島がおやじスマイルでグッと親指をたてた。

「ワイキキビーチ……！」

瞬太の目がカッと全開になる。

そうだ、今日の午後は、ワイキキビーチだった。

この日のために夏休みからずっと、大嫌いな勉強に耐えてきたのだ。

すべては三井《みつい》の水着のために……!!

「考えてもみろ。世界中から水着の美女が集結しているパラダイスだぜ！　まだ正月あけたばっかりだし、芸能人もいるかもしれないぜ!?」

「おおお……！」

岡島と江本は似て非なる方向で盛り上がっている。

「でもさ、ビール腹のおっさんもいっぱいいそうだよな」

「そこは心の目にフィルターをかけるんだよ」

「すごいな岡島」

高坂が目をしばたたいた。

「師匠とよばせてください」

江本はかしずかんばかりだ。

「よかろう、許す」

「ありがたき幸せ」

岡島たちが盛り上がっている間も、瞬太の頭は三井のことでいっぱいだ。

どんな水着かなぁ。

まあ、ビキニはないよな。

花柄、水玉、チェックもかわいいな。

フリルなんかもついていたり……？

「沢崎、耳！」

小声で、だが鋭く高坂から注意を受け、瞬太はシャキッと背を伸ばしたのであった。


三十分後。

瞬太たちは水着に着替え、いそいそとワイキキビーチにくりだした。

夕暮れ前の空はほんのりと黄色味をおび、あたたかな風が椰子《やし》の葉をゆらしている。

青い海、きらめく水平線、白い砂浜、そして水着の老若男女。幸い磯くささはほとんどない。

瞬太は鼻をひくひくと動かし、キツネの嗅覚《きゅうかく》の総力をあげて、甘いいい匂いを探し当てた。三井の髪のシャンプーだ。

だが。

「どういう……ことだ……？」

瞬太は絶望の淵につきおとされた。

三井はTシャツに短パン、そしてビーチサンダルで波打ち際をそぞろ歩いている。

つまり、水着ではなかったのだ……！

「おれは何のためにはるばるハワイへ……」

瞬太はへなへなと砂浜にくずおれた。

「あっ、おい、沢崎、しっかり！」

「気をたしかにもて、あそこにすんごい巨乳の赤毛美人がいるから！　目からエネルギーをチャージさせてもらうんだ！」

江本と岡島に両側からささえられて、よろよろと瞬太は立ち上がった。まるで満身《まんしん》創痍《そうい》のボクサーである。

「うん……ありがと……」

「まさか女子の半分以上がTシャツかパレオ着用とはね」

高坂にも予想外の事態だったようだ。

「あいつらハワイに失礼だよな！　ワイキキビーチまで来て泳がないでどうするんだよ。まったく嘆《なげ》かわしい」

岡島は小鼻をふくらませて怒りを表明した。

「倉橋《くらはし》だけは泳ぐ気まんまんだけどな」

「競泳用か……」

倉橋の水着は、胸にスポーツメーカーのロゴが燦然《さんぜん》と輝く、膝上丈《ひざうえたけ》の真っ黒なハーフスーツだったのである。

「スクール水着より露出が少ないってどうよ」

「スクール水着どころか、制服のスカート丈より長いぜ」

「なまじっかスタイル抜群なだけに残念すぎる……。腕の筋肉は見事だけどな」

「言うな」

飛鳥高校二年生の男子たちが一斉にため息をつく。

とはいえ、もちろん、普通にかわいい水着やセクシーな水着の女子もいる。

「かわいい水着の女子って、ほとんどが彼氏持ちだな」

岡島は鋭い眼差《まなざ》しで浜辺を一瞥《いちべつ》し、分析した。

「あー、二人だけで別行動してるやつ多いな」

江本も不満げに口をとがらせる。

「あれ、あの娘《こ》は？」

大人っぽいネイビーブルーの水着の女の子が、両手にコーンのアイスを一個ずつ持ち、こちらにむかって砂浜を歩いてくる。

「どこかで見たような……？」

「あ、沢崎君」

「……青柳《あおやぎ》……？」

編み込んだ髪をアップにしているからわからなかった。同じクラスで演劇部の青柳だ。

「沢崎君、このアイスいらない？　一個買ったら、おまけでもう一個もらっちゃったの」

マンゴーのアイスがのったコーンをさしだされ、瞬太はつい受け取ってしまう。

「え、あ、ありがとう」

制服の時は全然わからなかったが、実は青柳は脚が長くて、胸の谷間も深かったのだ。瞬太は目のやり場に困って、つい、アイスを見つめてしまう。

「沢崎君は泳がないの？」

青柳がアイスをなめながら尋ねる。

「え、あ、どうしようかな……」

「ひょっとして泳ぎは苦手？」

「一応泳げるよ。得意ってほどじゃないけど」

「運動神経いいもんね」

「えっ、それほどでも」

まあ、勉強よりは……と、ちょっと照れながら言う。

「そういえば、狐《きつね》って泳ぐの得意なんだってね」

「そうなの？」

「うん、文化祭で化《ば》けギツネのお玉《たま》ちゃんの役をやった時にいろいろ調べたんだけど、北海道ではよくキタキツネが泳いでるんだって。ネットに画像もいっぱいあったよ。イヌ科ってみんな泳ぎは得意なのかもね」

「へぇ、そうなんだ。じゃあタヌキも泳げるのかな？」

「うーん、そうかも。あたしはプールで泳ぐのは好きなんだけど、海は苦手かな。海水で髪がばりばりになっちゃうから」

「ああ、髪が長いから大変だね」

「どうしても洗ったり乾かしたりするのに時間がかかっちゃうから、そろそろ切ろうかなって思ったりもしてるんだけど」

「えっ、もったいないよ」

「そう？」

　青柳は髪に手をあて、嬉しそうに表情をほころばせる。

「う、うん」

「ありがとう。そういえば、この後のサンセットクルーズも楽しみだね。どんなお料理がでるのかな」

「えっ、さ、さあ。何がでるんだっけ？　委員長？　あれ？」

瞬太はいつでも何でも答えてくれる高坂の姿を捜した。ところが、さっきまですぐそばにいたはずの高坂たちがいない。

「委員長たちなら、さっきむこうの方に行っちゃったよ」

「えっ」

どうしよう。

誰も助けてくれないのか……!?

この日瞬太は、どぎまぎしながら冷や汗をかくという、珍しい経験をしたのであった。

四

ハワイの海が金色に輝いている頃。

陰陽屋の地下の休憩室では、今日こそは、と、祥明がベッドに深くもぐりこんでいた。

だが無慈悲にもドアを激しくたたく音が聞こえる。

トン、トン

ドン、ドン……

ドカン、ドン、ドカン、

ドドドドドドド、ドカンドカン、ドウン、ダーン、カーン！

「やめろ！　このドアはドラムじゃない！」

祥明がドアを開けると、双子の青年と、双子より少し年上の男性と、雪焼けした中年男性と、登山家の中年女性が立っていた。

「店長さん！　うちの春菜《はるな》が、春菜が……」

いきなり泣きついてきたのは、三井の父親だ。

「お嬢さんに何かあったんですか？」

「メールに返事をくれないんです！　海外でも使える携帯電話を持って行ったのに、空港から、ハワイ着きましたってメールをくれたのが最後で、その後はうんともすんとも……私からは一時間おきにメールをだしているのですが……」

「はあ……」

「もう心配で心配で」

「時差もあるし、電波状況も日本とは違いますからね。何かあったら学校の方から連絡がありますよ」

「そういうものでしょうか」

三井の母親も心配顔だ。

「ところでお二人は、お正月はいつも、冬山登山とスキーって決まってるんじゃなかったんですか？」

「今年こそ春菜と三人ですごそうと思って、予定をあけておいたんです。まさか修学旅行だったなんて……」

忘れていたらしい。

あいかわらず溺愛《できあい》なのに放任な不思議両親だ。

それにしても、日本はもう一月五日なのだから、登山家の母はともかく、会社員の父は出社したらどうなんだ、と、自分を棚に上げて苦々《にがにが》しく思う。

「店長さん！」

同時に声をあげたのは、倉橋怜《れい》の双子の兄たちだ。たしか紫フレームの眼鏡《めがね》が晶矢《あきや》で、緑のフレームが耀刃《てるは》だったような。

「怜と春菜ちゃんのことが心配だから、無事かどうか今すぐ占ってよ！」

「陰陽屋《おんみょうや》は正月休み、じゃなくて、冬休みだ」

「奇遇だね、僕たちの大学も冬休みだよ」

「そちらの方はもしかして、倉橋家の一番上のお兄さんですか？」

祥明はうるさい双子をスルーして、後ろに立っている男性に声をかけた。

「はじめまして、いつも妹がお世話になっています」

「お兄さんは大学生じゃないですよね？」

「はい、普段は店を手伝っているのですが、今日の店番は父に任せてきました。どうしても妹と春菜ちゃんのことが気になって……」

倉橋怜の父は、王子銀座商店街でスポーツ用品店を営んでいるのだ。

「怜さんはしっかりしてるし、事故やトラブルに巻き込まれたりする心配はないと思いますが」

「事故に巻き込まれていなくても、悪い虫がついたりしてないか心配なんだよ、兄としてはさ」

双子の片方が話に割りこんできた。

「やっぱり水着なんか持たせなきゃよかった。倉橋スポーツ用品店として、秋冬新作の競泳水着を用意しないわけにはいかないなんて兄さんが言うから」

「あれは最新の撥水《はっすい》加工生地をつかった国際水泳連盟承認モデルだぞ！」

「だから店長さん、怜が無事か占ってよ」

「うちの春菜もお願いします！」

「もし怜が無事に帰ってこなかったら、店長さんのせいだからね！」

「はあ？」

とんだ災難である。

五

ハワイ、三日目。

今日も朝からクラス全員でバスに乗り、移動である。

「今日はどこに行くんだっけ？」

隣に腰かけている高坂にきく。

「午前中はクラス全員で地元の高校訪問だよ。午後は自由行動で、うちの班は……」

うちの班は……どこへ行くんだったたっけ……

「沢崎、聞いてる？」

「えっ、あっ、何だっけ？」

「もうすぐマウイ島に着くよ」

「えっ？」

高坂の言葉にびっくりして窓の外を見ると、青い海がひろがっていた。

「もしかしておれたち飛行機に乗ってる？」

「うん。ハワイの高校を訪問した後、ホノルルの空港に移動して、国内線に乗ったんだよ。沢崎は時々立ったまま寝てたけどね」

「あ、そういえば、空港でお昼を食べたようなかすかな記憶が……」

「そうそう、特大サイズのハンバーガーを食べたんだよ」

「ああ！」

その時、後列で誰かがプッとふきだすのが聞こえた。

「う？」

「あ、ごめんね」

瞬太の後ろの席にいたのは、青柳だった。

「盗み聞きするつもりはなかったんだけど、聞こえちゃって。沢崎君って、学校で、昼休みだけはおきてるけど、ハワイでも一緒なんだね」

「まあね。って、あれ、青柳も同じ班なの？」

「うん。マウイへ星空観測に行くって聞いて、高坂君の班に入れてもらったの」

「一班六人だから、ちょうど誰か誘わなきゃって思ってたんだ」

「六人？」

「僕が六人目だよ、沢崎」

インスタントラーメンのような縮《ちぢ》れた前髪を指にからませ、嫌みな声で答える。高坂を一方的にライバル視していて、瞬太の天敵でもあるパソコン部の浅田《あさだ》真哉《しんや》だ。

「なんで浅田が!?」

「僕だって好きでおまえと同じ班に入ったわけじゃない」

青柳の隣の席で、浅田はおおげさに肩をすくめてみせる。

「じゃあどうしてだよ？」

「星空写真ほどパソコン部の修学旅行速報にふさわしい素材はないからね。画像を撮影してすぐに東京へ送れるよう、新兵器も持参したんだよ」

浅田は自慢げにノートパソコンをとりだして見せた。

「えっ、何これ!?　おまえが買ったのか!?」

びっくりして江本が尋ねる。

「いや、パソコン部の備品だけど……」

「なーんだ」

「どっちだっていいだろう。とにかく、サンセットも星空も、カラー画像でその美しさを伝えないとね。星空なんて白黒の校内新聞じゃ真っ黒だろ？」

浅田は縮れた前髪を右手でふりはらって、勝利宣言をした。心の中で、「決まった……！」と思っているに違いない。

「発想は悪くないね」

高坂は余裕の笑みをうかべている。

「これ落としたぞ」

岡島がメモ用紙をひろいあげた。ノートパソコンをだした時に、一緒に荷物からころがりでたのだろう。

「何だ？　マウイのロッジのチョコ？」

「勝手に見るなよ！」

浅田は慌てて岡島の手からメモ用紙をひったくる。

「おまえ、わざわざ調べてくるくらいスイーツ好きなのか？」

岡島にプッとふきだされ、浅田はムッとしたようだ。

「姉さんだよ！　マウイ島のハレアカラ登山の時に通るロッジでしか売ってないチョコがあるから、ぜひ買ってきてくれって拝《おが》み倒《たお》されて、仕方なく、さ」

「あー、あの怖いお姉さんのパシリか」

瞬太は首をすくめる。

以前浅田の姉の紀香《のりか》は、飛鳥高校七不思議の調査を陰陽屋に依頼してきたことがあるのだが、明らかに弟を手下扱いしていた。

あの怖い姉に限って、間違っても弟を拝むはずがない。きっと高飛車に命じられたのだろう。

「ところで今、登山って言った？」

「ああ、ハレアカラの山頂で夕焼けや星空を観察するんだよ。標高三〇〇〇メートル以上だから、すごくきれいなんだって」

「三〇〇〇メートル登山⁉」

高坂の説明に、瞬太は青くなった。

しまった、登山の準備なんか何もしていない。

瞬太は青くなったが、何のことはない、ガイドが運転する車で山頂まで連れて行ってもらえるのだという。

マウイの空港で瞬太たちを出迎えてくれたのは、いかにもベテランといった風格の女性ガイドだった。こんがりと陽焼けした肌に、金色をおびた赤い唇。真っ白な長い髪を風になびかせ、頭に大きなサングラスをはねあげている。

日本人には見えないけど、ハワイの人という感じでもない。強《し》いて言えば、魔女という形容が一番しっくりくる。

言葉はやっぱり英語なのだろうか。

瞬太の困惑を察したように、ガイドはにたりと魔女っぽい笑みをうかべた。

「ハーイ、マウイ島へようこそ。わたしはキャスリーンよ。よろしくね」

流ちょうな日本語の挨拶に、瞬太はほっとする。

「じゃあみんな、車に乗ったら自己紹介してね」

キャスリーンの運転する金色のバンは、サトウキビ畑を通りすぎ、あっという間にハレアカラの中腹にあるロッジに着いた。ここの売店でお土産を買いたいという浅田の要望がなければ、すっとばして山頂に行きかねない勢いだ。

「じゃあここで十五分休憩。トイレに行ったり、お買い物したりしてきて」

バンから降りようとドアを開けて、瞬太は戸惑った。

「あれ？　なんか寒くない？」

「あたりまえだろ、このへんはもう標高一〇〇〇メートルをこえてるんだから」

浅田が小馬鹿にしたようにせせら笑う。

ふと見ると、みんなリュックやトートバッグから防寒服をとりだしているではないか。

「沢崎、ひょっとして、長袖を持ってこなかったのか？」

「ハワイだから……夜もTシャツで大丈夫かなって……」

あきれ顔の江本の問いに、瞬太はぼそぼそと言い訳した。

「もしかしてそのリュック、全部おやつなのか？」

岡島がブブッと笑う。

「ち、違うよ。水も入ってるよ！」

「そんなことじゃないかと思ったよ」

高坂がレインコートをさしだした。万一の天候の急変にそなえて、持ち歩いているのだという。

「ないよりはましだろう？」

「仕方ないなぁ、お土産用だったんだけど」

江本はアロハシャツを、岡島はタオルを貸してくれた。

「よかったらこれも……」

青柳は使い捨てカイロとマスクだ。

「あらあら、みんな優しいのねぇ」

キャスリーンもバンに積んであった予備のフリースジャケットを貸してくれた。やたらにサイズが大きく、指先まですっぽりかくれる。

全部着こむと、妙なコーディネートになってしまったが、風邪をひくよりはましだ。人目を避けるようにして、こそこそと売店裏のトイレにむかう。

「沢崎、珍しく車の中でずっとおきてたね」

男子トイレで高坂に言われ、瞬太はうなずいた。

「あの乱暴運転のせいかな、すごくドキドキして、眠気もふっとんだよ」

「たしかにあの運転は怖いな」

江本もうなずく。

「それに、もうすぐ夕暮れだからかな。ほら、おれ、いつも夕方から陰陽屋でバイトしてるから、自然に目がさめるようになってる気がする。こういうの体内時計っていうんだっけ？」

「キツネってハワイに来ても夜行性なんだね。全然時差ボケしないの？」

高坂の問いに、瞬太はかるく首をかしげた。

浅田は例のチョコを買うために売店へすっとんで行ったので、ごまかす必要はない。

「うーん、いつも以上に一日中眠いかも」

「たしかに毎日熟睡してるね」

高坂は苦笑する。

「にしても、青柳、ぐいぐい攻めてるな」

「女の本気を感じるよ」

江本と岡島がうなずきあう。

「何のこと？」

「何って……えっ、沢崎、気づいてないの!?」

江本は驚きあきれた顔で、瞬太に問い返した。

「え？」

目を丸くする瞬太に、三人はため息をつく。

「ま、車に戻ろうか」

「そうだな」

高坂が言うと、江本と岡島はうなずき、三人は歩きはじめた。

「えー、何だよ、おれにも教えろよ」

瞬太も慌てて、三人の後を追う。

「断る」

「いつから江本はそんなケチになったんだよ」

「今日からかな」

高坂も岡島もあきれるばかりで、教えようとしない。

青柳がどうしたというのだろう。

そしてなぜ三人とも教えてくれないのだろう。

すごく気になる……！

売店にむかって四人で裏庭を歩いていたら、駐車場でガイドのキャスリーンが青柳に話しかけているところが目に入った。

「この淡いイエローピンクのハイビスカス、珍しいでしょ。ここにしかないの。この花を髪につけると、女子力が二倍になるのよ」

「そうなんですか」

別に立ち聞きをするつもりはないのだが、女同士の話に花を咲かせているらしいのを、キツネ耳がひろってしまう。

「あなた、好きな男の子がいるんでしょ？」

「え？」

青柳は驚いた顔でキャスリーンを見上げる。

「見てればわかるわよ」

「ばれちゃいましたか」

ついつい耳をそばだててしまった。

完全な盗み聞きだ。

さっき江本が、青柳がぐいぐい攻めてるって言ったのは、もしかして恋愛のことだろうか。

それにしても、青柳が好きなのって一体誰なんだろう。

まさか浅田？

いや、それだけはないはずだ。

青柳がそんな悪趣味なわけはない。

普通に考えて、委員長だろう。

「さ、そろそろ山頂にむかうわよ。みんな車にもどって」

キャスリーンにうながされ、全員、金色のバンに乗り込んだ。

浅田はもちろん、なぜか岡島まで大量のお菓子を買い込んでいる。

「あ、このドライパイン美味《おい》しい。一個どうぞ」

なんとなく隣の席になっていた青柳が、瞬太に乾燥パインをさしだしてきた。さっきまで瞬太の隣にいた高坂は、江本の隣に移動したようだ。

「あ、ありがとう」

青柳からもらったドライパインは、たしかにほんのり酸っぱくて、うんと甘い。

「ほんとだ、美味しい」

「でしょ？　よかった」

青柳は嬉しそうに、にこりと笑った。

「おれもこれ、母さんへのお土産に買って帰ろうかな。ダイエット中だからマカダミアナッツのチョコだけはやめてって言われてるんだ」

「軽くていいよね。あたしも伯母《おば》ちゃんへのお土産、これにしようかな」

青柳は以前、陰陽屋に占いに来てくれたのがきっかけで、少しだけ親しくなったのだが、育ての親と暮らしているという共通点があるせいか、何だか話しやすい気がする。

おやつをつまんでいる間に、キャスリーンが乱暴運転する車はどんどん山道をのぼっていった。霧のような雲をぬけると、前後左右に青空が広がる。

「山頂に着いたわよ」

全員、駐車場でバンを降り、展望台にむかって歩きだした。赤茶けた土に背の低い草がぱらぱらとはえているが、樹木はほとんどない。

「これは銀剣草《ぎんけんそう》っていうすごく珍しい高山植物よ。今日は花はないわね。数十年に一度しか咲かないの」

キャスリーンが細長い銀色の葉が球形をつくっている植物を指さして解説してくれるが、正直、瞬太は植物にはまったく興味がない。真剣に聞いているのは青柳と高坂くらいだ。

高坂がカメラで銀剣草を撮影すると、はっとしたように浅田もカメラをとりだした。どうやら浅田は、姉のおつかいのチョコを無事に購入できた時点で気が抜けてしまったらしい。

「展望台に着いたわよ」

一行は小さな展望台に入った。カフェも売店もないこぢんまりとした展望台だが、風がしのげるだけで瞬太としては大助かりである。フリースジャケットとレインコートのおかげで上半身はあたたかいのだが、いかんせん、下は膝上までしかないハーフパンツなのである。

「まずは東側の景色を見て。今日は雲がないからクレーターがよく見えるわね」

キャスリーンがさし示す方を見ると、丸くえぐりとられたような地形が足下に広がっていた。

「へー、これがクレーターか」

日本では見たことのない雄大な景色に、江本たちもカメラをとりだし、撮影をはじめる。

次に西側の窓へ移動すると、ちょうど日没にさしかかったところだった。

朱赤色の太陽が、雲海を金色に染めながら、ゆっくりと沈んでいくのが見える。

「ひゃー!」

「うを、すっげー!」

「まさに絶景だね」

みな、口々に絶賛する。

「ね、すごくきれいだね!」

青柳がくるりと振り向いて、瞬太にむかって言った。興奮しているせいだろう、目がきらきらと輝いている。

「マウイに来てよかった！」

「う、うん、そうだね」

瞬太はどぎまぎしながら答えた。

雲のむこうに太陽が沈んでしまうと、車に戻り、キャスリーンが用意してくれた弁当をひらく。

「あっ、お米のご飯は久しぶりだね！　嬉しい」

瞬太の隣で、青柳がぱくぱくと弁当をたいらげはじめた。

「沢崎君、食べないの？」

「た、食べるよ、もちろん」

何でまた青柳が隣なんだろう。

いつもの昼食仲間以外と弁当を食べるのは、何だか不思議な感じだ。

いや、別にいいんだけど。

浅田は早速、デジカメをノートパソコンにつないでいる。撮影したての画像を送信するつもりなのだろう。

「……あれ？」

浅田はディスプレイを見ながら、首をかしげた。

「変だな、送れない。Ｗｉ‐Ｆｉの電源はちゃんと入ってるのに」

「この山の上でＷｉ‐Ｆｉは難しいんじゃないかしら？　機種によってはつながるの？」

青柳の質問に、浅田は説明書をとりだした。

「レンタルした時にもらったこの説明書に、マウイ島でも使えるって……あっ」

説明書の下の方につながりにくいエリアが小さな文字で記載されており、その中にハレアカラ国立公園が入っていたのである。

「登山用の衛星携帯ならともかく、普通のＷｉ‐Ｆｉでしょ？　空港まで戻ればつながるから、それまで待っててね」

キャスリーンの言葉に、浅田は悄然《しょうぜん》とした。

「……せっかく……重いのを我慢して……はるばる日本から……」

「おまえはいつもツメが甘いんだよ」

岡島の言葉に、浅田を除く全員がうなずいたのであった。

とっぷりと日が暮れ、あたりが漆黒の夜のとばりにおおわれると、再び全員で車外にでた。今度は星空観測である。幸いまだ月はでていないので、かなりよく見える。

しかし気温は一段とさがっているので、かなり寒い。瞬太は尻尾《しっぽ》をだして足にまきつけたい誘惑にかられるが、天敵浅田がいるので絶対にそれはできない。

「あたりまえだけど、東京とは星の数が全然違うね」

高坂が感嘆の声をあげる。

「東京じゃ天の川も見えないもんな」

瞬太が言うと、高坂が首をかしげた。

「もしかして、沢崎には天の川が見えているの？　さすがに目がいいね」

「えっ、おれも見えてるよ。委員長は見えてないの？　眼鏡の度があってないんじゃ？」

驚いて聞き返したのは江本だ。

「いや、矯正視力は一・二だよ。天の川はどのへんに見える？」

「どのへんって……こう、ずーっと空を通ってるじゃん。ここから、あっちまで、帯みたいにつながってるだろう？」

江本は夜空にむかって、腕を大きく半周させた。

「もしかして、星がいっぱい連なって帯になっている、あれが天の川か！」

なるほどなぁ、と、高坂はうなずいた。

「そうそう、それだよ。もしかして委員長、天の川見るの生まれてはじめて？　東京からでたことないの？」

「まさか。京都や大阪には行ったことあるよ。でも天の川は見えたかな……？」

「ホノルルでも見えてたぜ」

岡島が、やれやれ、と、おやじくさい顔で首をふる。

「うーん、ハワイは星がいっぱい見えるなとは思ってたけど、そうか、これが天の川か。本やテレビで見たのとは雰囲気が違うからわからなかったよ。もっとこう……銀河って感じなのかと思ってた。やっぱり現地取材は大事だね」

「そういう問題か？」

「実はあたしも……」

青柳がおずおずと右手を肩の高さにあげる。

「東京の子はほとんど星を見たことがないから、ハワイでは星の位置が違うでしょって言っても、よくわからないって答える子が多いのよね」

キャスリーンは魔女の唇に苦笑をきざむ。

「たとえばあっちを見て。北極星がどれかわかるかしら？　北斗七星の先の方よ」

「あ、低い位置にある」

江本が即答した。

「江本は星に詳しいんだね」

「うちは兄貴がキャンプ好きだから、奥多摩《おくたま》とかよく行くんだよ」

江本の家は男ばかりの三兄弟なので、年に一度は家族でキャンプに行くのだという。

「おれも気仙沼のじいちゃんちに行けば、星いっぱい見えるよ」

星座は全然わからないけど、と、瞬太は小声でつけたした。

「沢崎君の田舎《いなか》は東北なの？」

「うん。マグロもカツオもサンマもうまいよ」

「いいなぁ。あたしも一度行ってみたいな。おすすめの季節ってある？」

キラキラした目で青柳に見つめられ、再び瞬太はドキドキしはじめた。

「えっと、おれは秋が好きかな。とれたてのサンマ最高だよ」

「いつか連れて行ってよ」

気づいたら、青柳は瞬太のすぐそばに来ていた。

「へ？　おれ？」

「沢崎君、つきあってる女子っていないよね？」

心臓がおそろしく暴れまわっている。

これは緊張、いや、びっくりしたせいか？

「いないけど……？」

「もしよかったらあたしと……」

あれ、星空がくるくるまわって見える。

足だけじゃなくて、手の指先もなんだか冷たくなってきた。

どうなってるんだろう。

「沢崎君？　沢崎君!?」

頭上で青柳がさわいでいる。

息が苦しい。

「沢崎⁉」

高坂たちも心配してかけよってきた。

「うう……」

まるで牡蠣《かき》にあたった時のように気持ちが悪い。

「高山病かな⁉」

「車から酸素をとってくるから動かさないで」

寒さと酸欠と興奮で、瞬太はひっくり返ってしまったのであった。

六

星降るハレアカラの山頂で瞬太が一騒動おこしていた頃、日本では既に翌日の午後三時をすぎていた。

さすがの祥明もおきて着替えている。

「これから図書館へ調べ物に行こうと思ってるんですよ……」

陰陽屋は冬休みを続行中なので、今日も祥明はてらてらの黒いホスト服である。

シャツは紫で、ネクタイはしめていない。

「まあまあそう言わず。はい、差し入れの中華風おせち」

「それはありがたいのですが……」

「瞬太ちゃんが無事なのか心配だわ。あなた祈祷《きとう》はできるの？　だめなら占いでもいいわよ」

今日陰陽屋に押しかけてきたのは、上海亭《シャンハイてい》の江美子《えみこ》とプリンのばあちゃんこと仲条《なかじょう》律子《りつこ》である。

「おせちはまた夜いただきますね。祈祷は王子《おうじ》稲荷《いなり》に行った方がいいですよ」

店の入り口で不満げなご婦人たちを追い返そうとしていたら、さらに一人、スカートをひるがえして階段をかけおりてきた。

「高坂先輩と沢崎先輩がアブナイ関係になってないか心配です！　呪《のろ》いをかけてください……じゃなくて、占ってください！」

「えーと、お嬢さんは新聞部の……」

「一年生の白井《しらい》です！」

中学生の時から高坂に片想いしているのに、ちっとも振り向いてもらえないのは瞬太のせいに違いない、と、白井はかたく信じているのである。

「ほら、この娘さんもこう言ってることだし、早く瞬太ちゃんのことを占ってちょうだい」

「いやでもうちの店は休みなので……」

「あたし、高坂先輩が心配で、眠れない夜がもう三日も続いてるんです」

「かわいそうじゃない、何とかしてあげたら？　ほら、あなたも、餃子を食べて元気をだしなさい」

「江美子さんまで……」

このままでは永遠に図書館にでかけられそうもないので、祥明はしぶしぶ式盤《ちょくばん》をとりだした。さっと占って追い返してしまおうという算段だ。

「今は三時すぎ、ということは申《さる》の刻なので……」

祥明はからりと式盤をまわす。

「……あー、キツネ君に女難トラブルがでていますね」

「あらま、あの瞬太君に女難なんてびっくり」

愉快そうに笑ったのは江美子である。

「女難ですって!?　心配だわ、どうしましょう!　やっぱり祈禱が必要かしら!?」

おろおろしているのは律子。

「高坂先輩が無事で良かった!」

晴れ晴れとした表情で胸をなでおろしたのは白井だ。

「うらやましすぎだ!」

なぜかもう一人、男の声がした。

「秀行《ひでゆき》!?　いつのまに入ってきたんだ」

「え、だって営業時間中だろ?　そうそう、いつも階段の上に置いてある看板、今日はだし忘れてるぞ。ほら、これ、差し入れ」

日本酒を祥明にさしだしたのは、幼なじみの槙原《まきはら》秀行である。

「忘れたんじゃなくて、休みなんだよ」

苦々しげに祥明が応じていると、勢いよく黒いドアが開けはなたれた。

「こんにちは、アジアンバーガーの正月期間限定餅きんちゃくバーガー持ってきました!」

ハンバーガーショップの制服を着た若者が、さわやかに声をはりあげる。もちろん注文などしていない。

「君は夏にうちの前で倒れていた……。まだアジアンバーガー辞めてなかったのか……」

「その節は大変お世話になりました。最近はちゃんと休みをもらえているから大丈夫です。今日も休みなんで、大学受験の妹のために、学業成就のお守りを買いにきました」

この兄妹の亡くなった祖父は化けギツネで、しかも捜索中の月村颯子《つきむらさつこ》とつながりがあったらしいのだが、今日はそんな話などしている場合ではない。

「いや、だから、うちの店も今日は休み……」

さらにどやどやと階段をおりてきた男たちがいた。

「ショウさん、ハピーニューイヤー！　陰陽屋で新年会やってるって聞いたから、シャンパン持って、みんなで来たよ」

「ショウさん、お久しぶりっす！」

「お元気でいらっしゃいましたか？」

黒いてらてらしたスーツに身を包んだクラブドルチェの五人のホストたちである。

「ショウ、真面目《まじめ》にやってるか？」

「雅人《まさと》さんまで……！」

レザーのコートで悠然と階段をおりてきたのは、祥明をクラブドルチェに拾ってくれた恩人の雅人だ。

「ショウさん、今年こそ颯子さまが見つかるか占っていただきたいのですが……」

そしてバーテンダーの葛城《かつらぎ》は今日もサングラスをかけている。

「すみません、今日は……」

祥明は店内を見回して気が遠くなりそうだった。

陰陽屋の狭い店内はすし詰め状態である。立錐《りっすい》の余地もないとはこのことだ。

「餅きんちゃくバーガーたりないかな？　もっと持ってきますね！」

「あたしも中華ちまきをふかしてくるわね」

「それより占いを……」

「帰れ！」

祥明は頭を抱えて叫んだのであった。

七

　ハワイ、四日目。

　予想外のハプニングに見舞われた修学旅行もすべての旅程を終えた。あとは飛行機に乗り、帰国するだけである。

「去年ひいた王子稲荷のおみくじで、旅行が難ありになってたけど、なんとか無事に終わりそうだな」

　昼下がりのホノルル空港の待合ロビーで、チョコをかじりながら江本が言った。

「僕としては沢崎がパスポートを忘れて飛行機に乗れないとか、寝坊してバスに乗り遅れるっていうのを一番心配してたんだけど、意外にスムーズだったね」

　高坂がいたずらっぽい目をする。

「難ありってのはさ、やっぱりあれだろ、沢崎が山の上でひっくり返ったことを予言してたんじゃないか?」

　岡島はアイスコーヒーを片手に、うひひと笑った。

「あー、よりによってあのタイミングで倒れるとか、ありえないよなー。もう最悪だよ！　もったいなすぎる!!」

「うう……」

江本の言葉に、瞬太はしょんぼりと背中を丸める。

「観光地ではずっと寝てばっかりだったし、ワイキキビーチの水着も不発だったし、おれは一体何をしにハワイに来たんだか……」

結局、三井とはほとんど話せなかった。

班が違ったせいもあるが、どうも年末あたりから、三井が自分に対してよそよそしいような気がする。

気のせいだといいけど……。

「いや、おまえには新しい展開があっただろ。肝心なところでぶっ倒れてたけど」

江本の言葉に、瞬太は首をかしげた。

「え？　何が肝心だったの？」

「まあ、日本に帰って仕切り直しだね」

「がんばれや」

高坂と岡島も、励ましつつあきれ、そして何となくあわれんでいるような表情だ。

「はあ……」

瞬太は空港の外に広がるハワイの青い空をながめながら、深々とため息をついた。


「沢崎、おきて」

「ん……」

瞬太は例によって、高坂の声で目をさました。

ねぼけまなこをこすりながら窓の外を見ると、夜空の下、明るいライトが整然と地面に列をつくっているのが見える。飛行機の滑走路だろう。

「もう羽田に着いたの……？」

「いや、成田《なりた》だ」

「なりた……？　あれ、羽田じゃないの？」

「それが、雪で羽田空港が閉鎖になっちゃって、成田にまわされちゃったんだよ」

「へー、そんなことってあるんだ。うちからは羽田も成田も同じくらいの距離だから、どっちでもいいけど」

ふあああぁ、と、瞬太はのびをする。

「成田空港からって、どうやって王子に帰ればいいんだっけ？　スカイライナー？」

「うん、日暮里《にっぽり》で京浜東北《けいひんとうほく》線に乗り換えだね。ただ……」

高坂は携帯電話の日本時間表示を見て、眉をひそめた。

「スカイライナーは間に合わないかも。各停かな……」

「うへ、時間かかりそうだな。どうせ寝てるだけだからいいけど」

瞬太はのんびりかまえていたが、入国審査や税関を通過し、荷物を引き取った頃には、午前一時近くになっていた。スカイライナーどころかＪＲも私鉄も終電がでてしまい、公共の交通手段がない。

「タクシーで北区まで帰ったら、いくらかかるんだろ」

「すんごい行列になってるからタクシーも無理って話だよ」

「マジか」

生徒たちの間でざわめきがひろがる。

「飛鳥高校の生徒は集まれ」

井上《いのうえ》先生の声がひびき、到着ロビーでクラスごとの点呼がおこなわれた。

「今日はもう電車がありません。ホテルもいっぱいなので、ここで始発を待つことになりました」

「ええっ、ここで!?」

驚く生徒たちに、井上先生が重々しくうなずく。

全員、成田空港の到着ロビーで一夜をあかすことになってしまったのである。

航空会社から支給された寝袋とペットボトルの水、そして塩味のクラッカーが全員に手渡された。

「なんでクラッカーなんだろ？」

早速瞬太は一枚かじってみる。しょっぱい。

「災害用の備蓄品かな？　この人数分のおにぎりやパンを手配できなかったんだろうね」

「修学旅行の直後にキャンプ突入か」

「家に帰るまでが遠足って格言が身にしみるぜ」

四人はぶつぶつ言いながらも、ちょっとだけ楽しい気分で寝袋をひろげた。

幸いロビーは暖房がきいているので、床の上に直接寝ても寒くはない。

「なんとか寝られるかな」

「沢崎ならどこでも寝られるだろ」

「へへへ」

寝袋に足をいれ、横になると、早速睡魔がおそってくる。

だがその時、瞬太はぱちっと目をあけて、寝袋ごと身体をおこした。

三井のシャンプーのいい匂いがただよってきたのである。

「も、もしかして、おれは今夜、三井と同じ屋根の下で一夜をすごしているのか……!?」

ななめ後方を見ると、女子たちの集団の中に、三井のかわいらしい笑顔が見える。

倉橋をはじめとする友人たちが一緒のせいか、けっこう楽しそうだ。

最後の最後にこんな幸運がめぐってくるなんて……！

頑張って勉強した甲斐《かい》があったじゃないか、と、瞬太は今さらの感動にうちふるえた。

修学旅行バンザイ……！

「二年生全員が一緒だけどね」

「ハワイでも同じホテルだったじゃん」

高坂たちの冷静なつっこみは瞬太の耳に届かない。

「すごいサプライズだよな。神さまありがとう……！」

だが、瞬太のキツネ耳は、予期せぬ声をキャッチしてしまった。

「瞬ちゃん、どこにいるの～？」

「瞬太、迎えに来たぞ～」

羽田空港の閉鎖をニュースで知ったのだろう。いつものように、みどりと吾郎が過保護ぶりを発揮して、成田まで車で迎えに来てしまったのだ。

「返事がないわ。瞬太のことだから、熟睡してるのかも」

「男子トイレを見てくるよ」

瞬太は寝袋に頭までもぐりこみ、慌てて身をかくした。

「いないわね、どこへ行っちゃったのかしら」

「瞬太の携帯にかけてみたら？」

瞬太はドキッとする。

「だめだわ、つながらない。電源切ってるのかしら」

そうだ、幸い、ホノルルの空港で電源を切ったままだった。

「あら、そこにいるのは瞬太のお友だちじゃないかしら？　えーと、岡島君だったわよね？」

どこからかカップラーメンを調達して、一人ですすっていた岡島がみどりにみつかってしまったようだ。

「こんばんは。沢崎ならさっきから見あたらないんですよ。どうしたのかな」

岡島は堂々としらばっくれた。しかも嘘はついていない。さすが頼れる男である。

「もしかして、タクシーの列に並んでるのかな？」

「あら、入れ違いで瞬太が先に帰っちゃったら困るわね。あの子、家の鍵は持って行ってないはずよ」

「父さん、母さん、ごめん……！」

瞬太は寝袋の中で息をひそめ、みどりと吾郎が諦めて帰ってくれるのを待つ。

二人の声が聞こえなくなってから、十分間ほどはそうしていただろうか。

そっと寝袋から顔をだして、あたりの様子をうかがった。

どうやら両親は帰ったようだ。

だが、どうしたことか、三井のいい匂いがしない。

「あれ、三井は？　トイレ？」

寝袋にくるまって何やらメモをとっている高坂に尋ねた。おそらくこの成田夜あかし騒動は校内新聞で詳細に報じられるのだろう。

「倉橋のお兄さんたちが車で迎えに来て、一緒に帰ったよ」

「……えええっ⁉」

よくよく周囲を見回すと、ロビーはずいぶん静かになっていた。いつのまにか空港職員たちもいなくなっている。自分では十分間のつもりだったが、一時間ばかり眠ってしまったらしい。

おみくじに書かれていた「旅行《たびだち》、難あり」というお告げが脳裏によみがえる。

「なんてこった……！」

両親のありがたい心づかいを無駄にしたばちがあたったのか、翌朝は背中の痛みに悩まされることになった瞬太であった。

八

一月八日。

瞬太は電車を乗りついで、朝八時すぎにようやく王子までたどり着いた。

布団のありがたさをかみしめながら寝直した後、吾郎と遅い昼食をとる。

「じゃあ昨夜は成田空港のロビーにいたの？　どうして会えなかったのかな」

「ええと、たぶん熟睡してて迎えに来てくれたのに気がつかなかったのかも。ごめん」

「まあそんなことだろうとは思ってたよ。無事に帰ってきてくれればそれでいいんだ。この五日間ずっとみんなで心配してたんだよ」

しみじみと吾郎に言われ、さすがの瞬太も良心がとがめる。

「あー、この塩鮭と卵焼き最高だね！　やっぱりご飯は和食が一番だよ」

吾郎と目があわないように、ひたすらご飯をかきこむ瞬太であった。

のんびり着替えて、三時すぎに陰陽屋へ行くと、祥明は妙に疲れた顔で、ベッドに寝ころんでいた。本すら読んでいない。

「どうしたんだ？　正月疲れか？」

「ああ、まあ、そんなところだ」

祥明はうんざりした様子で言葉をにごす。

「おれが修学旅行でいない間、掃除やお茶はどうしてたんだ？　また槙原さんに来てもらったのか？」

「今回は頼まなかった」

「じゃあ自分で全部やってたんだ。珍しいな」

槙原の他に手伝いを頼める友人など祥明にはいないはずだ。まさか京都の春記《はるき》さんをよぶはずもないし。

「いや、昨日まで店は冬休みにした。読みたい本もあったし」

「えっ、一月七日まで!?　丸一週間休みにしたのか!?」

「ああ」

「そんな調子で、よくこの店つぶれないなぁ」

何も知らない瞬太がしみじみ感心すると、祥明は不機嫌そうな顔をして、チッと鋭く舌打ちしたのであった。

第三話

風水の試練
あるいはチョコの不思議なダンジョン

一

二月にはいってから、瞬太《しゅんた》はずっと憂鬱《ゆううつ》だった。

どうせ今年も、自分にチョコレートをくれるのは、母のみどりとプリンのばあちゃんこと仲条律子《なかじょうりつこ》だけに決まっている。

いっそバレンタインデーなんか、この世からなくなってしまえばいいのに。

三井《みつい》にチョコをもらえるのでは、と、うきうきはらはらしていた去年までの自分を棚に上げ、すっかりやさぐれモードである。

バレンタインデーまであと一週間ちょっとになった日の昼休み、男子四人は屋上で対策会議をひらいた。幸いよく晴れてはいるのだが、冷たい北風のせいで、箸《はし》を持つ手がかじかむ。

「確認するけど、三井は去年は店長さんにチョコ渡したんだっけ?」

会議を仕切っているのは、自称恋愛エキスパートの江本《えもと》である。今日のコンビニおにぎりは煮玉子だ。

「倉橋怜《くらはしれい》ファンクラブの調査によると、二人で陰陽屋《おんみょうや》に持って行ったみたいだね。ちなみに倉橋さんの方はスーパーで買った特売品だったそうだ。一〇〇パーセントおつきあいの義理チョコだっていうアピールだろうな」

高坂《こうさか》が話したのは、新聞部、というよりも、遠藤茉奈《えんどうまな》が倉橋怜ファンクラブ経由で調べ上げた情報である。

ちなみに高坂の今日の昼食は、キノコのクリームフォカッチャだ。

「おれ、去年のバレンタインデーは風邪で寝込んじゃって、バイトに行けなかったから、詳しいことはわからないんだ」

瞬太は吾郎《ごろう》の弁当を膝《ひざ》にかかえて、しょんぼりとうつむいた。

去年の風邪は、痛恨の大失態としか言いようがない。

「でも、祥明《しょうめい》が言うには、バレンタインデーには何十人ものお客さんがチョコを持ってきたから、三井たちもいたかもしれないし、いなかったかもしれない。ひょっとしたらカードや手紙が添えられていたかもしれないけど、おれが寝込んでいた間、手伝いに来てくれた槙原《まきはら》さんにチョコをいっぱいあげちゃったから、確認もできなかったんだ」

「いくらなんでも、手紙が添えられてたら、その槙原さんっていう人だって気がついたと思うよ」

「やっぱ、去年はただ店長さんの一ファンとして、お店にチョコを届けただけだったってことでいいんじゃねえの？」

鶏唐《とりから》おにぎりを片手に岡島《おかじま》が結論づけると、あとの三人もうなずいた。

「問題は今年、三井がどうでるか、だな」

江本はいよいよ核心にせまる。

「去年チョコを渡したからって、今年もとは限らないよね。今年はバレンタインデーが日曜日だから、陰陽屋は定休日なんだよ。新聞部の調査でも、友チョコや義理チョコの数は三〇パーセント減《げん》ってでてる」

高坂はポケットの取材手帳をとりだした。

「でも、今週にはいってずっと、三井から、チョコの甘い匂いがするんだ……」

瞬太がぽつりとつぶやく。

「手作りか……」

江本がうめくように言うと、瞬太はこくりとうなずいた。

「日曜がだめでも、土曜か月曜に渡すつもりなんだよ、きっと。プリンのばあちゃんも土曜にチョコプリン持ってきてくれるって言ってたし」

「なまじっか鼻がきくのも善し悪しだな」

「うん……」

瞬太は自分の優秀すぎる鼻を呪《のろ》って、ため息をつく。

「そうかな？　うちの高校では最近、友チョコを手作りするのが主流みたいだから、別に気にすることないよ。女子同士の交換会だから、お母さんも巻き込んで、かなり凝《こ》ったチョコをつくるらしい」

高坂が取材手帳を見ながら瞬太をなぐさめる。

「バレンタイン、なくならないかな……」

「面倒臭いイベントだよな……」

その後、四人は空を眺《なが》めながら、黙々と昼食を平らげたのであった。

二

そんな瞬太の憂鬱《ゆううつ》とは裏腹に、陰陽屋は今年も女性客で大繁盛だ。

「チョコ渡した方がいいですか？　それとも今年はやめた方がいいですか？」

「どこで渡すといいですか？」

「時間帯は？」

などなど、老若女子の相談はつきない。

バレンタイン前は陰陽屋にとって一年で最大のかきいれ時なのである。

そんな中、うかれた雰囲気にそぐわない男性客が一人で店にやってきた。

「いらっしゃい、陰陽屋へようこそ」

瞬太があけた黒いドアから、こわごわ店内をのぞきこむ。地味なスーツを着た、長身でやせた三十代の男性である。

「あ……混んでます……ね」

細くて高く、弱々しい声で言う。恋愛成就の護符選びで盛り上がっている女子中学生たちを見て、尻込みしたようだった。

「いつもはガラガラなんだけど、もうすぐバレンタインだからね。お客さんも恋愛占い？」

「あ、いや、引っ越しの方角と日取りを占ってもらいたいんだけど」

「ああ、そっちか」

引っ越し関係の相談は三月に集中しがちだが、もちろん一年中受け付けている。

「いらっしゃいませ、陰陽屋へようこそ。どうぞ奥のテーブルへ」

女子中学生たちのかげで見えなかった祥明が声をかけると、男性は目を大きく見開いた。

「本当に陰陽師《おんみょうじ》の格好をしてるんですね……」

久々の新鮮な反応である。

「どうぞおかけになってお待ちください」

「は、はい……」

祥明に圧倒されたのか、男性客はへなへなと椅子に腰をおろした。

瞬太がお茶をいれてそろそろと運んでいくと、中学生たちはもう帰った後で、男性がぽつりぽつりと相談をはじめたところだった。

ちなみに春記《はるき》が置いていった宇治《うじ》のお茶はもうなくなってしまい、再びコンビニで一番安い緑茶のティーバッグにもどっている。

「日程はともかく、方角も占いで決めていいんですか?」

引っ越し先が見つかったので吉日を占ってほしい、という相談はよくあるが、とか、いい物件が二つあって迷っているから占ってほしい、という相談はよくあるが、方角から占ってほしいという相談は珍しい。たいていみんな、住みたいエリアがあって引っ越しを決心するものだ。

「ええ。この際、都内ならどこでも……、いや、通勤圏内なら、埼玉でも千葉でも神奈川でもいいです」

男性はうっすらとくまのうかんだやつれ顔に、かすかな笑みをうかべた。

どうやら訳ありのようだ。

「わかりました。詳しいご希望をお話しいただけませんか?」

男性は若田《わかた》亨平《きょうへい》と名乗った。御茶《おちゃ》の水《みず》にある私立大学で事務員をしているという。

「今は王子《おうじ》駅から歩いて十二、三分のところに住んでいます。王子駅のむこう側の、警察署や消防署のあるあたりです。職場までは、地下鉄と徒歩をあわせて四十分ほどでしょうか」

三井の家のあるあたりだな……。

三井は毎日家で、チョコの試作を重ねているのだろうか。

ふと三井の髪のいい匂いを思い出して、瞬太は頭を左右にふった。

三井のチョコのことは忘れるんだ。

おれには、バレンタインデーなんて関係ない。

いや、バレンタインデーなんて存在しないことにしよう。それしかない。

「先ほど、引っ越し先は埼玉、千葉、神奈川でもいいと言われましたが、通勤に片道一時間以上かかってもかまわないということですか？」

「そうですね、片道二時間までならなんとか」

なかなか悲壮な覚悟である。

ひょっとして新築庭付き一戸建て狙いなのだろうか。憧れのマイホームというあれだ。

それにしては、顔も声も妙に沈んでいるが。

「ご家族は引っ越しについては何と?」

「妻も引っ越しに賛成しています。というより、妻が引っ越したがっているんです」

亨平は三年前に友人の紹介で知り合った一歳年上の女性と結婚した。妻の名は理紗《りさ》子《こ》、ファッション雑誌の編集者である。ちなみに職場は東銀座《ひがしぎんざ》だ。

「どうして奥様は引っ越したがっておられるんですか?」

「私の母との折り合いが……」

「お姑《しゅうとめ》さんと同居なんですか?」

「みたいなものです」

若田家は王子銀座商店街のはずれで、三代続く老舗《しにせ》の豆腐屋を営んでいる。その名も若田豆腐店だ。

もともとは二階建ての古い一軒家だったのだが、五年ほど前に、両親が一大決心をして五階建てのビルに改築した。

現在では一階が若田豆腐店の店舗と調理場、二階は事務所と休憩室、三階は賃貸住宅、四階が亨平夫婦の住居、五階が両親の住居となっている。

つまり一種の二世帯住宅だ。

「私は結婚前は四階で一人暮らしをしていたのですが、結婚したら、新居は別に探すつもりでした。職場の先輩に、嫁姑トラブルで胃炎になった人がいて、その二の舞は避けたいと思ったんです。でも、妻が、階も違うし、完全に別世帯なら平気なんじゃないかしら、と、言ったので……」

結婚当初、妻の理紗子は、家賃を払わないですむし助かると言っていたのだが、三年もたつと、何だかんだと口出しをしてくる姑の澄代《すみよ》がわずらわしくなってきたのだろう。引っ越しの費用も、新居の家賃も、自分の給料からだすから引っ越させてくれと言いだしたのだ。

母の澄代も気が強い江戸っ子なので、じゃあ出て行ってくれ、赤の他人に貸せば家賃も入るし、気の合わない嫁の顔なんか見たくもない、と、全面対決である。

「なかなかのこじれっぷりですね。何かきっかけはあったんですか？」

「あったのかもしれませんが、今となってはきっかけなんて、もうどうでも……」

「とにかく引っ越すということでは、奥様とお母様の意見は一致しているんですね？」

「はい。でも、そこから先がまったくすすまないんです」

理紗子が通勤に便利な中央区《ちゆうおう》のマンションに引っ越そうとすると無駄遣いだと澄代が難癖をつけ、亨平が郊外の格安物件を探してくると、こんな遠くから通勤するのは嫌だと理紗子が文句を言う。

「私は二時間通勤までは耐えるつもりですが、妻は東銀座から一時間以内じゃないと嫌だって言うんです。二人の間にはさまれて、ほとほと疲れました。毎日の不動産屋通いも気力と体力の限界です。こうなったら、陰陽屋さんに選んでもらうしかありません。占いの結果、ここに決まったって言えば、母も妻も文句のつけようがないでしょうから」

「なるほど……」

祥明の営業スマイルがかすかにひきつった。

「お願いです、陰陽屋さんだけが頼りなんです！」

「ちなみに東銀座から一時間通勤ということですが、新幹線でもかまいませんか？　それで大きく違ってくるんですが」

「もうこの際、引っ越せれば何でもいいです」

亨平は迷うことなく言いきる。

「わかりました。それでは若田さんの生年月日を教えていただけますか？」

祥明は風水の一覧表を確認した。

風水学は地相や家相を鑑定する技術なのだが、人によって吉凶の方位が違うのだ。

「若田さんの本命卦《け》は巽《そん》で、最大吉、つまり一番いい方位は北ですね」

祥明は蠟燭《ろうそく》をテーブルの端によせ、地図をのせる。

「ここが王子だから……」

亨平はくいいるような真剣な眼差《まなざ》しを地図にそそいだ。

「王子から北というと、埼玉県ですね。鳩ケ谷《はとがや》駅のすぐそばで物件を見つけられれば、通勤一時間という妻の条件もぎりぎりクリアできそうです。ただ駅から五分以内の物件が見つからないと厳しいですね……」

乗り換え案内のサイトを検索しながら、ぶつぶつつぶやいている。

「そこまで遠くに離れないでも、まずは北《きた》区内で探してみてはどうですか？　王子神《おうじかみ》谷《や》とか赤羽岩淵《あかばねいわぶち》とか。その方が引っ越しも楽でしょう」

祥明のアドバイスに、亨平はほっとした表情になる。

「ああ、なるほど、そうですね」

「次に引っ越しの吉日ですが、やはり土日がいいですか？」

「いえ、三月なら大学が春休みですから、平日でも有休をとりやすいです」

「では三月二十八日と三十日がおすすめです」

三月の暦《こよみ》を確認しながら言う。

「三月二十八日と三十日ですね」

亨平は几《き》帳面《ちょうめん》な字で手帳にメモした。

「ありがとうございます、これで今日から心安らかに眠ることができます」

祥明に深々とお辞儀して帰っていく。

「うちに谷中《やなか》のばあちゃんが来た時も、母さんピリピリしてたし、嫁姑ってどこも大変なんだな」

谷中のばあちゃんというのは、吾郎の母で、みどりにとっては姑にあたる沢崎初江《さわざきはつえ》である。

病気で倒れた時と、家屋が台風で破損した時の二度にわたり、初江は王子の沢崎家に身を寄せたのだが、これまた気の強い江戸っ子で、みどりはもちろん、吾郎と瞬太も気をつかってなかなか大変だったのだ。

「若田さんには悪いが、ああいう面倒臭いトラブルに巻き込まれると、ろくなことがないからな。いい物件がさっさと見つかるといいんだが……」

祥明はくっきりとした弧を描く眉をひそめた。

三

いよいよバレンタインデーまで一週間をきった月曜日の夜七時頃。

若田亨平が再び暗い顔で陰陽屋へあらわれた。

「奥様かお母様からダメだしされましたか？」

「そうなんです……」

前回来た時より、くまが濃くなり、頬《ほお》がこけたように見える。

「王子神谷や赤羽岩淵だと、両親との距離が近すぎて嫌だと妻が言うんです。地下鉄の中でばったり会う可能性も高いし。鳩ヶ谷も南北《なんぼく》線直通だから不吉だと。それで北は難しくなってしまいました」

「そうですか」

「しかも、北は私の一番良い方位なのに残念だとうっかり話してしまったら、どうせなら自分にとっていい方位にしてくれと、妻が言うんです。本当に申し訳ありません」

「若田さんはそれでいいんですか？」

「それでこの騒動がおさまるのなら、この際、私にとって悪い方位でもいいです……」

亨平は弱々しく微笑《ほほえ》む。

「では奥様の誕生日を教えてください」

「理紗子は私と同じ年の、二月一日生まれです」

祥明は再び、風水の一覧表を確認した。

「奥様の最大吉の方位は南東です。幸い、南東は若田さんにとっても小吉である伏位《ふくい》の方位ですね。この伏位の方位に引っ越せば、大きな成功や収入はないものの、堅実で安定した平穏無事な生活がおくれると言われています。嫁姑関係の改善にもいいですよ」

「素晴らしいですね。ぜひ南東でお願いします」

亨平の顔がぱっと明るくなる。

「王子から南東の方角というと……」

三人は緊張した面持《おもも》ちで地図をのぞきこむ。

「近場だと田端《たばた》、日暮里《にっぽり》、上野《うえの》ですが、京浜東北線《けいひんとうほく》だとまたばったり会う危険があると反対されそうなので、総武線《そうぶ》の錦糸町《きんしちょう》あたりでどうでしょうか」

「ありがとうございます。総武線なら御茶の水にもすぐでられるし、いいですね！」

やつれた亨平の頬に、ほんのりと生気がもどった。


だがしかし水曜日、三たび亨平が陰陽屋にあらわれた。

わずか二日で、さらに頬がこけたようだ。顔色も着々と土気色に近づいている。

「早速ネットで検索してみたのですが、錦糸町って家賃が案外高いんですね……。たまにすごく安いところがあっても、築四十年とかなんですよ。私はこの際、引っ越せるのなら古くてボロボロな物件でも我慢できると思っているのですが、築十年をこえるところはゴキブリがでるから嫌だと妻が……」

かといって、高い新築物件だと、贅沢だと母親が反対するのだという。

「私としては、平穏無事に暮らせるという南東に、ぜひ引っ越したかったのですが……」

祥明はテーブルの上にだしっぱなしになっている東京の地図をひらいた。三度目の正直があるのを予想していたのかもしれない。

「別に錦糸町に限定しないでも、その先の大島《おおじま》や葛西《かさい》あたりでどうですか？　東銀座まで二、三十分で行けますよ。王子より通勤時間は短いくらいでしょう」

「ああ、良かった……そうですね、そのあたりで探してみます」

若田は何度も何度も頭をさげて、帰っていった。

「若田さん、大変そうだね……」

「本命卦が巽の人は、温厚な平和主義者なんだが、ストレスたまるんだよな。気の毒に……と言いたいところだが、同じ相談を何度も持ってこられると、付き合わされるこっちもストレスなんだよ。条件をきっちり嫁と姑から聞きだしてまとめて来てくれればさっくり解決するのに、子供の使いは勘弁してくれ」

祥明は渋面《じゅうめん》をつくり、銀の扇《おうぎ》でテーブルをパシパシたたく。

「あの調子だと、また来るかな」

「おそらくな」

「そんな嫌そうな顔をしないでも、ちゃんと毎回、相談料を払ってくれてるんだからいいじゃん。今や江美子《えみこ》さん以上のお得意さんだよ？」

「まあそうなんだが……」

祥明は嘆息をもらした。

二日後の金曜日。

バレンタインデーの二日前ということもあり、陰陽屋はかけこみで占いに来た女性客でにぎわっていた。祥明は満面の営業スマイルで、接客しまくっている。

だが午後七時すぎ。

寒風吹きすさぶ中、やつれきった顔の亨平が、四たび陰陽屋にあらわれると、店内は凍りついた。頬こけはもちろん、目がくぼんできたような気がする。

薄気味悪いと思ったのか、女性客たちは一斉に、そそくさと帰ってしまった。

「物件探しはどうなりましたか？」

また妻か母親に却下されたんだな、ということは、一目瞭然だったが、祥明は一応尋ねた。

「東京湾に近いところは地盤が心配だからやめておけって母が。最近では技術が進んでいるから、そんなに神経質にならないでも大丈夫だって説明したんですけど、なにぶん古い人間なので……」

「その論法だと、千葉から神奈川にかけての湾岸エリア全般への引っ越しを反対されそうですね」

「それに引っ越しの予定日なんですけど、陰陽屋さんが選んでくれた日は、両方とも校了だからだめだって妻が……。引っ越し業者と私だけでやるから大丈夫だって言ったんですけど」

何だかよくわからないが、編集者にとって校了の日というのは、引っ越しをしてはならない日らしい。

「もう引っ越しをあきらめたらどうですか？」

「そんな……！」

祥明もかなりうんざりモードだが、それ以上に、依頼者が疲労困憊《ひろうこんぱい》で、今にも倒れそうな顔色である。肌は完全な土気色で、唇は紫。目だけがぎょろぎょろしている。

「本気で引っ越しをする気があるのか、もう一度よくご家族で相談された方がいいと思いますよ」

「本当にご迷惑をおかけして、すみません……」

亨平は深々と頭をさげると、ふらつきながら去っていった。

「若田さん、今にも電車にとびこみそうな雰囲気だったけど、大丈夫かな」

瞬太は心配そうに階段を見上げる。

「不吉なことを言うのはやめろ！」

祥明は苦虫《にがむし》を十匹ほどまとめてかみつぶしたようなしかめっ面《つら》をした。

「それより、明日はバレンタインの前日だが、たぶん大半の……」

「その話はやめろ！」

今度は瞬太が耳をふさぐ番だった。

四

奇跡がおきた。

二月十三日の朝、教室の瞬太の机に、チョコレートらしき包みが入っていたのである……！

トイレの個室にかけこみ、震える手でカードをひらく瞬太。

義理チョコ？　それとも友チョコ？

そうだ、友チョコだったら、三井がくれてもおかしくない。

三井か？

三井であってくれ……！

だが、カードに書かれた差出人の名前は、青柳恵《あおやぎめぐみ》だったのである。

「えええっ、青柳!?」

驚きのあまり、つい大声をあげてしまう。

「今の声、沢崎か？」

隣の個室から聞こえてきたのは、なんと岡島のおっさん声である。

「岡島、おまえもチョコもらったのか!?」

「いや、おれはただの大だ」

岡島はきっぱりと言い切った。

「で、おまえはチョコもらったんだな」

「えっ、いや、えっと」

「正直に言わないと、そこから出られなくしてやるぞ」

「えっ⁉」

瞬太がキツネジャンプで身体《からだ》を引き上げると、いつのまにか移動した岡島が、ドアの前で仁王立ちしていた。

「う………もらい、ました……」

「青柳か」

「うん……」

「出てよし」

瞬太がおそるおそるドアをあけると、岡島がおやじ笑いで待ち構えていた。高坂と江本までいる。

「なんでみんないるの⁉」

「いつも昼休みまで熟睡モードの沢崎が血相変えてトイレにかけこんだから、ただごとじゃないってすぐわかったよ」

眼鏡《めがね》のブリッジを右手の人さし指で押し上げながら指摘したのは高坂だ。

「良かったじゃん！　おめでとう！」

江本は瞬太をぎゅっと抱きしめると、背中をバンバンたたいた。

「う、うん、まあ……」

瞬太は照れ笑いをうかべて、頭をかく。

「これって……友チョコ、かな？」

「友チョコをわざわざ机に入れとくか？」

「むしろ友チョコは手渡しだろ」

岡島と江本が否定しても、まだ瞬太は信じられない。

「あっ、入れる机を間違ったのかも？」

「いや、カードにちゃんと沢崎君へって書いてあるよ」

高坂は「沢崎君へ」の箇所をさし示した。

「間違いじゃないんだな……」

こういうのをキツネにつままれたような気分って言うんだろうか。

瞬太は放心状態で天をあおいだ。

「あっ、まさかドッキリ?」

「誰がそんな暇なことするんだよ?」

岡島が今にもふきだしそうな顔でつっこむ。

「……浅田《あさだ》、とか」

「む。たしかに奴ならやりかねないな」

「カードの残り香をよく確認して」

高坂に言われ、瞬太はカードのにおいをくんくんとかいだ。

「……青柳だ」

「確定だね」

「青柳はハワイでも積極的だったもんな」

江本の言葉に、瞬太はびっくりする。

「えっ、そうだった!?　そういえばマウイ島で何かあったような……」

「覚えてないのか?」

「倒れる前のことはあんまり……」

やれやれ、と、三人はあきれ顔をした。

「でも青柳かぁ。いいんじゃないか？　この際、三井のことはきっぱりとあきらめて、青柳とつきあっちゃえば？」

ぐふふ、と、岡島にすすめられ、瞬太は驚愕する。

「それは無理だよ」

「青柳のこと嫌いなのか？」

「そんなことないけど……まだ三井のことを忘れられないし……」

と言うか、今でも三井のことが好きだし……。

「そりゃ毎日教室で会うから、自然に忘れるなんて無理に決まってるよ。むしろ古い恋をふっきるために、新しい恋をするって発想もありじゃないかな？」

恋愛エキスパートの江本も前向きだ。

「そ、そんなふうに考えたこともなかったし、えっと、ううう……」

生まれて初めての事態に、瞬太はパニック気味である。

「別に今日中に返事をしないといけないっていうわけじゃないし、ゆっくり考えたら？」

「そうそう、ホワイトデーに返事をすればいいんだよ」

「ほ……ほわいとで……」

瞬太はあやうくトイレでひっくり返りそうになった。

「ホームルームはじまるから教室に戻らないと。それとも保健室に行く？」

「だ、大丈夫、教室に戻る」

そもそも保健室で先生に何と言えばいいのだ。「チョコをもらって目まいがするから休ませてください」か？　いやいやいや、そんな小っ恥《こっぱ》ずかしいことを言うくらいなら、校庭に穴でも掘って入った方がましだ。

高坂に肩をかしてもらい、瞬太はよろよろと教室に戻ったが、うっかり青柳と目があってしまい、真っ赤になってしまう。

授業中も赤い顔でもんもんとしていたら、只野《ただの》先生が驚いて、手に持っていたチョークを折ってしまった。

「沢崎君がおきているなんて……顔も赤いし、熱があるんじゃないですか？」

本気で心配してくれたようだ。

びっくりして大きく目を見開き、こっちをむいた三井が目に入る。

混乱に追い討ちがかかり、何をどうしていいか、わけがわからない。

たしかに、熱はあるかもしれない。

知恵熱だ。

ああ、どうしよう。

いつもなら考え事をしていると眠くなるのに、このおれが興奮しすぎて眠れないなんて……！

バイト中も、自宅でもうわの空で、赤い顔でふらふらしているものだから、みどりにまで「インフルエンザの検査受ける？」と心配される始末であった。

夢うつつ、あるいは茫然自失のまま週末がすぎ、月曜日になった。

半分魂が抜けたまま高校へ行く。

午後四時過ぎに瞬太が陰陽屋へ行くと、槙原秀行《ひでゆき》が来ていた。槙原は祥明の幼なじみで、瞬太の見るところ、たった一人の友人である。

今年も祥明がお客さんからもらったチョコレートのお裾《すそ》分けをとりに来たらしい。お裾分けと言っても、大きな紙袋いっぱいにはなる。槙原はチョコレートで柔道教室の子供たちの好感度をアップさせるつもりなのだ。

「えっ、瞬太君、今年は本命チョコもらったの⁉　よかったじゃないか！」

槙原はわがことのように喜んでくれた。

なにせ槙原は、小学生の時から祥明のせいで失恋続きの青春をおくってきており、瞬太の辛《つら》さが誰よりも身にしみてわかっているのである。

「これで例のあの女の子、三井さんだっけ？　彼女のことを忘れられるね」

おれとしては瞬太君と三井さんに幸せになってもらいたかったんだが、そういう事情なら諒解《りようかい》だよ、と、槙原は一人で納得しているようだ。

「忘れられる……のかな……？」

「え？」

「だって毎日、教室で会うし……すれ違うと、いい匂いがただよってくるし……」

「匂い？」

槙原はけげんそうな表情をする。

いまだに瞬太が化けギツネだと気づいていないのだ。

「何でもない。そうだよね、忘れなきゃだよね。江本たちにも言われたんだ。忘れるためにも、新しい恋をした方がいいって」

「そうか、えらいぞ、瞬太君、がんばれ！」

「うん、がんばる！」

二人はがっちりとかたい握手をかわす。

「何をがんばるんだか」

盛り上がる二人の背後で、祥明だけは肩をすくめていたのであった。


火曜日の昼休み。

快晴だが、肌につきささるような冷たい北風が屋上を吹きぬけていく。

「それで、結局三井は陰陽屋には来なかったのか？」

江本の問いに、瞬太はうなずいた。

バレンタインおよびホワイトデー対策会議が開催されているのだ。

「うん。土曜日も昨日も来なかった」

「じゃあチョコの匂いがしてたのは、やっぱり友チョコをつくってたんだな」

「送ったんじゃないか？　宅配便なら日曜必着で送れるし」

岡島の爆弾発言に瞬太は凍りつく。

「それは……考えてなかった……」

言われてみればその通りだ。なぜ今までその可能性に気づかなかったのだろう。

そうか、青柳のチョコでうかれていたせいだ。

おれって本当にだめだめだな。

瞬太は吾郎の手作り弁当にむかってため息をつく。ちなみに今日はぶりの照り焼き、卵焼き、ポテトサラダにみかんが半分だ。

「まあまあ。もう青柳にしぼればいいじゃん。ホワイトデーに何を渡すか決まった？」

「全然だよ」

瞬太は、ふう、と、ため息をついた。

こんな調子で青柳とつきあってもいいのだろうか。

いや、こんな調子だからこそ、青柳とつきあうべきなんだろうか。

もう何がなんだかわからなくなって、眠気がおしよせてきた……。

五

一方、若田家の引っ越し相談は暗礁《あんしょう》にのりあげていた。
二、三日に一度、若田亭平は陰陽屋へあらわれるのだが、そのたびにどんどん顔色が悪くなり、今ではスーツもぶかぶかで、ほとんど病人である。実際、胃炎の薬は手放せないようだ。
いつもの祥明なら、面倒臭くなった時点で堪忍袋の緒が切れてしまい、「いいかげんにしろ」と毒舌を炸裂させるところだが、今回は依頼者のあまりの憔悴《しょうすい》にそれもできない。

「あー、もう、おれまで胃に穴があきそうだ！」

祥明は長い髪をかきむしった。

「若田さんのためなんてきれいごとは言わない。おれは、おれの胃を守るために、この引っ越しトラブルを全力で解決するぞ！」

バン、と、机を両手でたたいて立ち上がる。

巻き込まれるのを嫌がっていたはずが、ついに全面介入である。

「もちろん解決できた方がいいには決まってるけど、でもどうやって？」

「そもそも嫁と姑は本気で引っ越しに賛成しているのか、そこからだな。特に姑の方は、何だかんだいちゃもんをつけて、息子が家からでていくのを阻止しようとしているふしがある。嫁の方も、本気で引っ越したいのか、姑への脅《おど》しなのか、あるいはただの愚痴《ぐち》なのか、若田さんが間に入っていたんじゃ、どうもはっきりしない」

「たしかに、二人ともやたら文句をつけてくるよな」

「本気度の確認のためにも、嫁と姑、それぞれと直接話してみる必要があるな。まずは近い方から行くか」

「近いのはお豆腐屋さんの方だね。いつ行くの？　日曜日？」

「明日行く。店は早じまいする。でないとまた若田さんが来てしまうからな」

祥明は宣言した。


翌日はみぞれまじりの冷たい雨だったので、陰陽屋を五時で早じまいして、若田豆腐店へ行ってみることにした。

二人並んで傘をさし、商店街を歩く。

「別におまえは来ないでもいいんだが」

祥明は瞬太に言った。

「母さんが、若田豆腐店の自家製豆乳は美味《おい》しいって評判だから買ってこいって。イソフラなんとかの補給をして、女子力をアップするんだって」

「ふーん」

「あと、父さんからも焼き豆腐頼まれてるんだ。今夜の鍋《なべ》にいれるから絶対忘れるな、って」

「責任重大だな」

「そうなんだよ」

瞬太は重々しくうなずく。

王子警察署から脇道をはいったところに、若田豆腐店はあった。

王子銀座商店街のはずれということになっているらしいが、ほとんど住宅街の中である。

店内をのぞくと、おばあさんとおばさんの中間くらいの快活な女性が店番をしていた。亨平の母の澄代だろう。

さっぱりしたショートカットで、エプロンの上から明るいオレンジのカーディガンをはおっている。

「ああ、陰陽屋さんに引っ越し先を占ってもらってるっていうのは息子から聞いてますよ。でも白い着物だって聞いていたから、すぐにはわからなくて」

「それは失礼しました」

みぞれの中、沓《くつ》では歩きにくいし、かといって指貫《さしぬき》に長靴というわけにもいかないので、祥明は洋服に着替えてきたのだ。

祥明の洋服、それはつまり、ホスト時代の先輩、雅人《まさと》さんからもらった、てらてらの黒いスーツである。今日は上からコートをはおっているが、てらてらした黒いコートである。

同じく瞬太も童水干《わらべすいかん》では足がおそろしく寒いので、高校の制服姿だ。

「これは全部自家製なんですか？」

祥明と瞬太は商品がならぶショーケースをのぞきこんだ。

きれいにパッケージされた定番の木綿豆腐、絹ごし豆腐はもちろん、おぼろ豆腐、焼き豆腐、厚揚げ、がんもどきなどの豆腐商品がずらりとならぶ。スーパーやコンビニで売っている豆腐よりも二回りほど大きい。稲荷寿司《いなりずし》に欠かせない油揚げももちろんある。

ついでに納豆、味噌、梅干しなども売られている。ここに来れば、朝食に必要なものが一通り揃《そろ》うようになっているのだ。

「豆腐やがんも、それからお揚げなんかは全部自家製よ。毎日つくりたてを売ってるの。納豆や梅干しはよそから仕入れてるけどね」

「へー、そうなんだ」

売り場の奥をちらりとのぞくと、予想外に大きな銀色の機械が何種類か並んでいる。豆腐をつくる機械や、容器の封をする機械なのだろう。

「閉店の時間まであと十分あるけど、こんなお天気じゃお客さんも来ないだろうし、上の事務所へ行きましょうか」

「あっ、その前におれ、買い物していい？　母さんに豆乳を頼まれてるんだ。父さんは焼き豆腐を二丁」

「あら、おつかいなんて偉いわね」

「おつかいって言われると、なんだか小さい子供みたいで恥ずかしいな」

「ふふふ、子供のおつかいは珍しくないけど、高校生の男の子のおつかいは珍しいから偉いんじゃない。その制服、飛鳥《あすか》高校でしょ？　ごほうびに豆乳を一個おまけしてあげるわ。そこの消防署の人たちもよく朝早くに買いに来てくれるのよ」

自家製の豆乳はスーパーで売っているものとは味が全然違うから、と、澄代は胸をはった。たしかに紙コップに入れられた豆乳からは、大豆ではなく、豆腐の濃厚なほんのり甘い匂いがする。

「朝早くって、八時とか？」

「ううん、もっと早いわ。中には六時前に来る人もいるし」

「そんな朝っぱらからお店あけてるの!?　じゃあ五時半にはおきるってこと？」

「開店前にお豆腐をつくって並べるから、おきるのは三時すぎかしらね。と言っても、つくってるのはあたしじゃなくて旦那だけど」

「三時おき！」

瞬太はもちろん、祥明も目をむいた。未知の世界である。

「そのかわり夜は早寝しちゃうけどね」

瞬太の反応に笑いながら澄代は答えた。

「このたくさんの商品を、ご主人が全部一人でつくっておられるのですか？」

「平日はそうね。土日は息子も手伝ってくれるけど」

ぺらぺらとおしゃべりをしながらも、澄代は手ぎわよく商品をビニール袋に入れていく。

「はい、豆乳二つと焼き豆腐二丁ね」

「あ、ありがとう」

瞬太の会計がすむと、三人は階段で二階にあがった。八畳ほどの立派な事務所だが、冷え冷えとしている。あまり使っていないのだろう。

「お茶の支度をするから、そこにかけてててちょうだい」

めったに使わないという応接セットのソファをすすめられ、二人は腰をおろす。

澄代はリモコンで暖房の電源をいれると、奥にひっこんでしまった。休憩室に小さなキッチンがあるようだ。

澄代がいない隙に祥明はポケットから小さな方位磁石をとりだした。

「何してるんだ？」

「念のため方位の確認をしてるんだ。本来は専用の羅盤《らばん》を使うんだが、これでも無いよりはましだからな。ああ、やっぱり地図とは微妙に方位がずれている。店の入り口はあっち側だったから……」

祥明は一人でぶつぶつつぶやきながら方位と間取りを確認している。

「お待たせ」

澄代がお茶とせんべいを持って来てくれた。ほうじ茶の香ばしい匂いがひろがる。

「それで今日は引っ越しの話かしら？」

「はい。引っ越し先が決まらず、息子さんが大変困っておられます」

「そうなのよね、早く決まればいいんだけど」

澄代もほうじ茶をすすりながらうなずく。

「しかし澄代さんは、息子さん夫婦がでていってしまったら、お寂しいのではありませんか？」

「いい年をした息子がでていきたいって言うのを、止める気はありませんよ。本当は理紗子さんともうまくやれると思ってたんだけど、やれなかったものは仕方がないわ。部屋があけば、他人に貸して、賃借料をいただくこともできるし。２ＤＫだから月に十万円はもらえるでしょう？　人生、前向きに考えないとね」

　亭平の言う通り、引っ越し自体には賛成らしい。

「でも週末には息子さんも、豆腐作りを手伝っておられるんですよね？　別居となればもう手伝えなくなるかもしれませんが、お店は大丈夫なんですか？」

「賃借料が毎月十万円入るんだし、パートさんを雇うか、もしくは機械を追加してカバーするつもりですよ」

　澄代はよどみなく答えた。

　息子たちがでていった時のことは既にシミュレーション済みらしい。

「まあ息子のことを考えれば、通勤圏内で、治安が良くて、地盤がしっかりしていて、河川の氾濫や土砂崩れの心配がないところかしら。そうそう、陽当たりも大事よ。あ、もちろん方角がいい物件で。玄関が鬼門《きもん》をむいているとか、昔、墓地だった場所にたてた家はだめよ」

　これまた亭平から聞いている通り、いろいろ条件がうるさい。

「引っ越しのお日柄にこだわりはありますか？　大安《たいあん》でなければだめとか」

「うーん、冠婚葬祭ってわけじゃないし、まあ、仏滅《ぶつめつ》でなければ何でもいいんじゃないかしら？」

「仏滅以外ですね」

祥明は真剣な表情でメモをとっている。

「いくつか挙げられた条件の中で、これだけは譲れない、最優先の条件を一つ選ぶとしたらどれになりますか？」

「うーん、どれかしらねぇ。まあ、本当のところ、息子さえ幸せならどんなところでもいいんだけど」

言った後で、格好つけすぎだったかしら、と、澄代はけらけら笑った。


店をでると、みぞれは雪にかわっていた。空は真っ暗なのだが、道路と屋根がうっすら白くなっているので、街並みは明るく感じる。

「今年最初の雪かぁ」

瞬太は夜空を見上げた。暗い雲からふわりとした雪がおちてくる。

雪を見ると、わくわくするのはなぜだろう。

「鍋にぴったりで良かったじゃないか」

「あっ、そうだ、早く帰らなきゃ、父さんが焼き豆腐を待ってるんだった」

瞬太は急いで傘をひらいた。

「それにしても、お姑さんって、想像してたよりもはるかに感じのいい人でびっくりしたよ。うちの谷中のばあちゃんみたいに怖い人かと思ってたんだけど」

「豆乳もおまけしてくれたし、か？」

「えー、それだけじゃないよ」

それもあるけど、と、瞬太は心の中で認める。

「おしゃべり好きだし、愛想もいいし。やっぱりお店をやってるだけあって、なんとなく上海亭《シャンハイてい》の江美子さんと雰囲気が似てるよね。どうしてお嫁さんとこじれちゃったんだろう？　お嫁さんの方が気むずかしい人なのかな？」

「客に見せる顔と嫁に見せる顔は違うんだろ」

「そういえば祥明もお客さんにはにこにこしてるもんな」

「おまえもにこにこしてもらいたいのか？」

お客さん用の営業スマイルで祥明にあれこれ言いつけられるところを、瞬太は想像してみた。

なぜだろう、寒気がする。

「……怖いからやめろ……」

「どういう意味だ」

心外だな、と、祥明は眉を片方つりあげた。

六

次は亨平の妻の理紗子に会う番である。

雑誌編集者の理紗子は、日曜も出勤だというので、東銀座の喫茶店で待ち合わせることにした。

歌舞伎座《かぶきざ》が近いためか、和服姿の女性をちらほら見かけるが、祥明と瞬太はもちろん洋服である。

「だからキツネ君は来ないでいいんだが」

「父さんが、銀座まで行くのなら、いろいろ買ってきてくれって買い物メモ渡されたんだよ」

瞬太は何だかよくわからない品名がびっしり書かれたメモを祥明に見せた。ガンプラの製作に使う道具だろうか。

「何だこれ？」

「店員さんに見せればわかるから、って」

「ふーん」

理紗子の指定した喫茶店に、待ち合わせの午後一時に行ったが、それらしい人はいない。

飲み物を注文して待っていると、五分ほど遅れて、三十代の女性が店にはいってきた。

「すみません、陰陽屋さんですね。お待たせしました、若田理紗子です。夫から髪の長いハンサムだって言われていたのですぐにわかりました」

編集部から走ってきたのか、息があがっている。

「陰陽屋の店主をつとめております、安倍《あべ》祥明です。どうぞよろしく」

「よろしくお願いします。あ、あたしはエスプレッソをダブルで」

よほど忙しいのだろう。理紗子は服装こそおしゃれだが、名刺をさしだす指先のネイルがはがれかかっている。

「お忙しい中、わざわざ東銀座までご足労いただいて恐縮です。引っ越しの件ですよね？」

理紗子は水をひとくち飲み、呼吸を整えると、いきなり本題に入った。

「ご主人から、最初に引っ越しを言い出したのは理紗子さんだとうかがっていますが、間違いありませんか？」

「ええ、今のところ、夫の両親とは良好な関係をキープできているのですが、甘えすぎと申しますか、このままだと険悪になってしまうのも時間の問題だと思うんです。今までずっと無料《ただ》で住ませてもらって本当に感謝してるんですけど、そろそろ独立したほうがお互いのためかなと思いまして。あたしたちがいなくなったら四階を貸せるから、お家賃も入りますしね」

理紗子はとうとうと美しい建前を述べた。ものは言いようとは、このことだ。

「お義母《かあ》さんを傷つけまいとする理紗子さんの気づかいはよくわかりました」

祥明はまるで感動したと言わんばかりに深くうなずいた。

「ですがこの場に澄代さんはいませんし、ざっくばらんにお話しいただいてけっこうですよ。その方がこちらとしても妥協点を見いだしやすいですから」

祥明に優しい眼差しで見つめられ、理紗子の肩がピクッとゆれる。

「理紗子さんの言葉をそのままあちらに伝えたりはしませんから、安心してご相談ください」

「あたし……」

理紗子は、ふう、と、ため息をついた。

「あたし、いい嫁を演じるのに疲れたんです」

「ずっと演じてきたんですか？」

「ええ。そもそも、義理の両親に愛されるかわいい嫁を演じる自信があったから、結婚した時に同居に踏み切ったんです」

理紗子は子供の頃から、猫をかぶるのが得意である。

職場である編集部でも、常に、できる編集、かわいい後輩、優しい先輩を演じてきた。だから夫の両親の前でも演じきれると思ったのだが、今年にはいったあたりから、どうもうまく演じられなくなってきたのだという。特に澄代があれこれ口だししてくると、ついイラッとしてしまうのだ。

「朝は九時までに洗濯物を干せばよく乾くのに、なんて、余計なお世話でしょう？　でもぐっと我慢して、乾燥機がありますから大丈夫です、と、答えたら、電気代がもったいない、って。もう、いちいちうるさいんです」

ふうう、と、長く大きなため息をつく。

「あのビルの四階に住むことのメリットは、家賃がかからないことです。でもそれだけです。デメリットの方が大きいんじゃないかって気がついたら、もう、引っ越しをするしかないっていう考えで頭がいっぱいになっちゃって」

理紗子は一気に語ると、エスプレッソを飲み干した。

「なるほど、そうでしたか。辛いお気持ちはよくわかりました」

祥明は再び深々とうなずく。

「引っ越し先は北区の外をご希望なんですよね？」

「せっかく引っ越しをするんですから、通勤時間を短縮したいなと思ってるんです。できれば東銀座へ乗り換えなしででられる日比谷《ひびや》線か都営浅草《あさくさ》線がベストですね」

「なるほど」

亭平から聞いた時と理由が違うが、これも猫かぶりの一環として自然にやっていることなのだろう。

「ああ、それから、そろそろ子供もほしいし、保育園はじめ子育て支援が充実している区がいいです。家賃は少々高くてもいいから、買い物に便利で、駅に近いところがいいかしら」

「優先順位はありますか？」

「いえいえ、とにかく引っ越しできればどこでも。でもできるだけ多くの条件を満たすところへ引っ越せれば、いっぺんにいろんな課題を解決できて効率的ですよね」

「たしかにそうですね」

祥明は優しくうなずき、メモをとる。

「お日柄にこだわりはありますか？　仏滅は避けたいとか」

「そんな非科学的なものよりも、校了は避けてください」

理紗子は言いきった後で、陰陽屋の商売内容を思い出したようだった。

「あっ、いえ、占いを否定してるわけではありません。占いは統計学ですからね。ただ、仏滅や大安などは明治以降に考案されたもので、実は歴史も浅く根拠もない、と、以前うちの雑誌の占い特集の時に、占い師さんから聞いたものですから。それよりも、仕事を休めない日の方が困るかなと思いまして」

慌《あわ》ててフォローする。

「なるほど」

「あ、でも、風水占いはけっこうあたっている気がするんですよ。その占い特集の時にちょっと調べてみたんですけど、義母《はは》の本命卦は坎《かん》で、坤《こん》とは相性最悪ってでてたんです」

「坤？」

「あたしの本命卦です。そのわりに包容力はないんですけど……」

理紗子が肩をすくめて苦笑した時に、携帯電話から着信メロディが流れた。

「はい、若田……え、本当に？　わかった、戻るわ」

どうやら職場からの呼び出しらしい。

「あの義母との調整はなかなか大変かもしれませんが、陰陽屋さんだけが頼りですので、何とかよろしくお願い申し上げます」

口調はていねいだが、要するに、なんとかこっちの希望をむこうにのませろということだろう。

「それでは本当に申し訳ありませんが、会社に戻らせていただきますね。また何かありましたら、名刺の連絡先までお願いします」

言いたいことを言うと、伝票を持って、さっと立ち上がった。

理紗子が急ぎ足で喫茶店の外にでていったのを確認すると、瞬太はうーん、と、両手を前につきだしてのびをした。

「はー、なんだかやたらバタバタしてて、落ち着きのない人だったね。とにかく忙しいから、通勤に便利なところじゃないとだめっていう事情はわかったよ。祥明みたいに職場に住んじゃえばいいのに」

「日曜も仕事が入っているくらいだから、おそらく深夜残業も多いんだろうな」

「三時おきのお豆腐屋さんとは真逆で、三時頃布団に入ったりしてるんだよ、きっと」

「で、昼近くまで寝ているのを澄代さんに見とがめられたり、洗濯物のことで注意されたり」

「そりゃうまくいかないよな」

うんうん、と、瞬太はうなずいた。

「だが、基本的な性格はよく似ている。とにかく、理紗子さんも澄代さんも、初対面のおれたちに対して、よくあれだけ話せると感心したよ」

「そう言われればそうだな。若田さんが、あの二人の板挟みが辛くて、もう何でもいいから引っ越したいって言った気持ちがよくわかったよ。二人が同時にしゃべりだしたら、大変なことになるんだろうな。想像しただけで怖いよ」

瞬太はふるふると身体を震わせた。

「ただおしゃべりなだけじゃなくて、二人とも自己主張がはっきりしているから激突するんだな。譲らない者同士で。理紗子さんは、どうもうまく演じられない、疲れた、と、ため息をついていたが、もっとうまくやれると思っていた、というのは、澄代さんも言っていたな」

「早く引っ越し先を決めてあげないと、若田さん倒れちゃうね」

「ああ。だが、問題はどうやってあの二人を妥協させるかだな……」

「どうするの？　いつものパターンで、たたりのせいにするの？　先代のお姑さんの霊がとりついているとか？」

「うーん……」

祥明は扇の先をこめかみにあてて、考え込んだ。

七

暦が三月になり、ホワイトデーがじわっと近づいてくるにつれて、瞬太の昏迷《こんめい》は深まるばかりである。

青柳には何と言って、お返しを渡せばいいのだろう。

そもそもお返しはクッキーがいいのか、マシュマロがいいのか、何でもいいのか？　何せこれまでホワイトデーには無縁の人生だったから、お作法がさっぱりわからない。ちなみにプリンのばあちゃんは、お返しなんてそんな気をつかわないでいいのよ、という甘やかしモードなので、お返しをしたことがない。

「僕はバレンタインデーにお返しを用意してあったから、ホワイトデーは関係ないよ」

高坂は慣れたものである。

この調子で毎年、新聞部の白井《しらい》友希菜《ゆきな》をはじめ、何人もの委員長ファンがスルーされているのだろう。

「うちはお店にとりに来てもらってるから」

祥明はほとんど粗品ののりである。

「今年のお返しはどこそこの店のあれにしてくれって、母さんから指定が入るから、迷うことはないね」

吾郎は苦笑いだ。

「もう、おれ、悩みすぎで夜よく眠れないんだ……」

上海亭でラーメンをすすりながら、瞬太は高坂たちにぼやいた。

「昼寝のしすぎだよ。今日もずっと学校で寝てただろ」

「えっ、で、でも、いつもは昼も夜も両方眠れるのに……今週は……」

岡島の厳しい指摘に瞬太はしどろもどろだ。

「そんな時こそ占いよ！」

見かねてアドバイスをしてくれたのは江美子である。

「考えても考えても結論がでない時は、占いに頼るのが一番てっとり早いわ」

「そうか、人はこんな時に占いに頼るのか……！」

まる二年以上陰陽屋でアルバイトをしていて、瞬太はようやく開眼したのであった。

「……でも祥明の占いって、当たるも八卦《はっけ》、当たらぬも八卦だしなぁ……。いやでもこの際、祥明の占いでもいいか……」

だが、瞬太のはじめての占いの依頼に祥明は冷たかった。

「クッキーかマシュマロか占え？　そんなのアミダくじで十分だ」

「そう言わず、元ホストとしてのアドバイスを頼むよ……！」

「そもそもおまえ、青柳さんとつきあうことにしたのか？」

「だって、江本たちも、槙原さんもそうしろって……」

「おまえは人に頼りすぎだ。ちょっとは自分で考えろ」

考えてもわからないから占ってくれと頼んでいるのに、まったく祥明はケチである。

結局一番まっとうな回答をしてくれたのは、クラブドルチェの元ナンバーワンホストである雅人《まさと》だった。

「そんなの彼女が好きなお菓子をあげるのが一番いいに決まってるだろう。クッキーでもマシュマロでもキャンディーでも饅頭《まんじゅう》でも」

クラブドルチェの高いスツールに腰をおろし、雅人は鷹揚《おうよう》に答える。

「青柳さんの好きなお菓子……？」

瞬太は首をかしげた。

「知らないのか？」

「うん」

「だめだな。そんなんじゃ彼女にお返しをする資格なしだ」

一刀両断である。

「でも、三月十四日は月曜だから、どうしても教室で会っちゃうんだけど……。チョコをもらったことを忘れたふりでいいの？」

「いいわけないだろう！」

「うう……」

「ホストたる者、常にお客さまの幸せを一番に考えるべきだ」

「おれ、ホストじゃな……」

「黙って聞け！」

「は、はい」

瞬太はなんとなく直立不動の姿勢をとって、首をすくめた。

「誠心誠意、言葉をつくすんだ。きちんと目を見るのも忘れずに」

「え……」

「何よりも感謝の言葉を忘れないこと。心の中で思ってもだめだぞ。いいか、大事なことは声にだして二回言う。接客業の基本だ」

「はい」

「よし」

雅人は満足げにうなずいたのであった。

八

月曜日の夜七時。

祥明は若田家の四人を陰陽屋に集めた。

依頼者である若田亨平、理紗子夫妻と、亨平の両親である寛平《かんぺい》、澄代夫妻である。

亨平はついに髪の毛が少なくなるほどやつれはてていたが、電車にとびこむこともなく、無事に生きのびていることに瞬太はほっとした。

豆腐店の三代目店主でもある寛平に会うのは初めてだが、いかにも職人といった風情《ふぜい》の、物静かな男性で、なかなかの男前である。

「キツネ君、水盆《すいぼん》を持ってきてくれ」

「わかった」

祥明は久々に水盆占いで解決することにしたようだ。

「この水盆にたつ泡で、霊視をおこないます」

全員の目をとじさせ、祥明が水盆の上に両手をかざすと、ぽこぽことこまかい泡がたちはじめる。

「えっ、何、この泡⁉」

「お静かに」

理紗子が勝手に目をあけて騒ぎそうになったのを、祥明は制した。

実は祥明には霊能力などまったくない。

この泡は、何とかという水溶液に、細かい金属片を投入して泡をたてさせているのだ。

要するにインチキなのだが、祥明に言わせると、ちょっとした演出なのだそうだ。

「泡のかげから、不思議な気配が感じられます……」

重々しく祥明は告げる。

やっぱり狐《きつね》や猫のたたりのせいにするらしい。

それとも先代のお姑さんのたたりだろうか。

まあそのへんが一番無難だもんな、と、瞬太が思った時。

「澄代さんと理紗子さん、あなたがた二人は、前世でも親子ですね。しかも母親と息子です」

「ええええっ!?」

この祥明の前世透視に、四人はもちろん、瞬太までが驚愕した。

まさかの前世だ。

「前世なんて、そんなの一体何の根拠があって……!」

「お気持はよくわかります」

理紗子が文句を言いかけるが、祥明が極上の営業スマイルで封じ込める。

「ですが理紗子さんは、ついつい澄代さんの前では素顔がでてしまうのではありませんか？　いい嫁として完璧に振る舞いたいのに、どうもうまくいかない。それは裏を返せば、甘えているということです。前世のお母さんですからね」

「え……まさか……」

「実家のお母さんの前ではどうです？　演技してますか？」

「いえ……素で接してます……」

「同じですよ」

「えっ……で、でも……」

理紗子は驚きのあまり、納得もしていないが反論も思いつかないといった様子だ。

「澄代さんも、本当は完璧な優しい姑でいたいのに、なぜか理紗子さんに対して余計な口出しをせずにはいられないのではありませんか？」

「……それはたしかにありますが」

「前世で息子だった頃の記憶が魂に刻まれているんでしょう」

「だけど……でも……そんなこと急に言われても……」

口が達者な澄代も、混乱して、言い返せないらしい。

「しかもお二人は、似たもの夫婦ならぬ、似たもの親子だったようです。今生でも本命卦が同じですし、魂の基本的な気質が遺伝してるんでしょうね」

「似たもの親子？　理紗子さんと!?」

「それはないです！」

この祥明の言葉はかなり不本意だったようで、二人同時に不満の声をあげた。

「ほら今だって、反応が同じですよ」

祥明が銀の扇をひろげてにっこりと笑うと、二人は悔《くや》しそうに黙った。

「澄代さんも理紗子さんも、外面《そとづら》の良さには自信があるのに、なぜかお互いにだけはうまく演技が通じない、猫をかぶれない、愛想をふりまけないと感じていますよね。逆に相手の見え透いた愛想笑いが鼻について仕方がない。内心は文句たらたらのくせに、よくもしらじらしいことを言う……そんなことを感じたことはありませんか？」

「うっ……そ、そんなこと……」

「そ、そこまでは……」

二人はお互いをちらちらと横目で盗み見ている。

「どうやらお心当たりがおありのようですね。本来、本命卦が同じ人たちは相性も良いはずです。何せ考え方が同じですからね」

「で、でも、あたしの本命卦は坤のはずです」

祥明の指摘に、理紗子がせめてもの反論を試みた。

「たしかに理紗子さんが生まれた年の女性の本命卦は坤です。しかしそれはあくまで、春分の日以降に生まれた人の話」

「え？」

「東洋系の占いは、太陰暦《たいいんれき》、つまりいわゆる旧暦で見るのが基本です。旧暦では年があらたまるのは春分の日で、たいてい二月四日、まれに五日です。時刻も午前零時ではありません。年によって違うので、暦を確認する必要があります。理紗子さんは二月一日生まれですから、太陰暦では前の年の年末にあたります」

「そして本命卦は、坤ではなく、坎だと……」

「ええ。干支《えと》ももしかしたら自分では午年《うまどし》だと思っておられるかもしれませんが、正しくは巳年《みどし》で占うべきですね」

「……巳年……!?」

ガタン、と、音をたてて、理紗子は椅子から腰をうかせた。

九

「ええ、巳年です。巳年生まれは美的センスに恵まれた人が多く、ファッション関係のお仕事はまさに適職ですよ。午年生まれのご主人との相性もとても良いです」

「は、はあ……」

理紗子は放心状態である。

これまでずっと自分のことを午年だと信じて生きてきたのだろう。

「大丈夫か？」

「え、ええ……」

亭平に渡された湯呑みを受け取り、一気に飲み干すが、まだキツネにつままれたような顔をしている。

「さて、話を戻しますが、澄代さんも理紗子さんも、本命卦は坎です。坎の女性の特長は、外交能力にすぐれ、気配り上手で、相手を説得するのが得意だということ。もともと坎同士の相性はわりと良いのですが、今回は、お互いに相手を言いくるめようとぶつかってしまったために、うまくいかなかったんでしょうね」

「なるほど」

澄代と理紗子は不本意そうな表情だが、亨平は大きくうなずいている。

「説得がきかないということを悟った時に、引っ越しをして距離をおこうとしたのも、またそれを引き止めずに受け入れたのも、坎のお二人ならではのスマートな対処法だと言えます。でなければ全面対決に突入してしまいますからね」

「はあ……」

理紗子につられたのか、前世の衝撃から立ち直れないのか、澄代も魂が抜けかけているようだ。

「坎の女性のもう一つの特長として、効率重視があります。悪く言えば打算的、よく言えば合理的、好き嫌いよりも損得を大切にする傾向があります」

「ほめられている気がしないんだけど」

澄代はボソリと言った。

「ほめているんですよ、もちろん」

「おそらく理紗子さんは結婚を決めた時、こう計算したはずです。同居すれば家賃を払わないですむし、子供が生まれた時は澄代さんに育児を助けてもらえるだろう。いろいろうるさく口だしされるかもしれないが、そこはかわいい嫁を演じることで、うまくまるめこめるはずだ、と」

「そんな、計算なんて……！」

理紗子は反論しようとするが、まあまあとにかく聞こう、と、亨平になだめられる。

「ところがいざ同居してみたら、予想以上に豆腐屋が繁盛していて忙しく、とても赤ちゃんの面倒をみてもらえそうにないし、かわいい嫁としての猫かぶり演技も通用しない。これではデメリットの方が大きいではないか。ばかばかしいから引っ越そう、という結論に達しました」

「なるほどねぇ」

「いや、お義母さん、これは陰陽師さんの勝手な想像、いえ、妄想ですから」

理紗子は何とか言いつくろおうとするが、澄代は知らんぷりだ。

「続いて澄代さんの側から見てみましょう。理紗子さんと同居することになった時、澄代さんは澄代さんで、土日くらいは店を嫁に手伝ってもらえるのでは、と、期待したはずです」

「そりゃそうでしょう？　あたしだって結婚してからずっと、子供を育てながら店を手伝ってきましたよ」

理紗子と違い、澄代は堂々としたものである。

「ところが理紗子さんは深夜残業も休日出勤もあたりまえで、店を手伝うどころか、亨平さんのご飯の心配まで澄代さんがしてあげないといけない始末です」

「よくわかったわね」

「いっそのこと二人が四階からでていってくれれば、他人に貸して家賃をもらうこともできる。息子さんに豆腐作りを手伝ってもらえなくなるけど、家賃収入でパートさんでも雇えばいい、と、言っておられましたね？」

「そうよ。そうしたら、いつまでもとりこまれない洗濯物にハラハラすることもなくなるわ。すっきりりでしょ？」

澄代はちらりと理紗子を見るが、今度は理紗子の方が知らんぷりをした。心の中で、余計なお世話だと毒づいていることだろう。

「しかし問題は、午前三時に来てくれるパートさんがいるかどうかです。電車もバスも動いていない時間、かなりの高給を払っても来てくれる人が見つかるかどうか」

「そのくらいわかってますよ。いざとなったらあたしが豆腐作りを手伝って、昼間、あたしのかわりに店番をしてくれる人を探そうと思ってます」

「なるほど。しかし問題は家賃です。すぐに入居者が見つかるか、入居者が滞《とどこお》りなく家賃を払ってくれるか。貸す前にきれいにリフォームする必要もあるでしょう。その費用もかかります」

「何が言いたいの？」

澄代はいぶかしげな表情で尋ねる。

「つまり、息子さんたちがでていった時、澄代さんには、理紗子さんの顔を見ないですむという以外に、確実なメリットがないということです。しかも、亨平さんに手伝ってもらえないのはもちろん、亨平さんの顔を見る機会もぐっと減るでしょう。確実に二つのデメリットがあります」

「そうね」

澄代は厳しい表情で、ぎゅっと唇をひきむすんだ。

「さて、ここに二つほど不確定要素があります。子供と介護です」

「どういう意味？」

「理紗子さんは子供が生まれても、澄代さんには頼れないと考えたんですよね？」

「朝五時すぎからお店をあけているのに、頼れるはずないでしょう？」

「たしかに朝からずっと澄代さんはお店にでずっぱりかもしれません。しかし、ご主人の寛平さんは違いますよね？」

「え？」

理紗子は目をしばたたく。

「保育園の送り迎えくらいなら、寛平さんにお願いすればいいんじゃないですか？」

「えっ!?」

寛平以外の全員の視線が寡黙《かもく》な職人の顔に集まる。

寛平は黙ってうなずいた。

わかった、ということらしい。

「いくらなんでも、それはちょっと」

澄代がしかめっ面《つら》で異を唱えた。

「この人に赤ちゃんをまかせるなんて無理ですよ。亨平が子供の頃だって全然面倒見てくれなかったんですから」

「もしくは澄代さんがお迎えに行っている間だけ、寛平さんが店番をするという形でも良いと思います」

「そうね、それなら……」

澄代はしぶしぶ引きさがる。

「理紗子さん、よく計算してください。いくら良い保育園の近くに引っ越ししても、待機になってしまうかもしれません。その店、澄代さんは、店番をしながら子育てをした経験者で、かなりの無理がききます」

「ちょっと、陰陽師さん」

澄代が文句をつけようとしたが、祥明は強引に話をすすめた。

「もう一つの不確定要素は介護です。寛平さんと澄代さんは今はお元気ですが、いつか介護なり看病なりが必要になる時があるかもしれません。その時、同居していようと別居していようと、一人息子である亨平さんが駆りだされるのは間違いありません。それなら、元気なうちに子育てを手伝っておいてもらわないと損ではありませんか?」

「え……」

理紗子が目をきょろきょろさせている。きっと頭の中で忙しくそろばんをはじいているのだ。

「つまり、結論としては、引っ越さない方がいいということですか？」

亭平がおそるおそる尋ねる。

「いえ、引っ越しはした方がいいでしょう」

「え？」

亭平は驚いて、おちくぼんだ目を見開いた。これまでの話の流れから、引っ越しはしない方がいいという結論を予想していたのだろう。

「でも……あの、引っ越すって、どこへ……？」

「おすすめは二階です」

「え？　どこの物件ですか？」

「ご両親が五階から二階へ引っ越すのがおすすめです」

「あたしたちが引っ越すんですか⁉　息子たちじゃなくて⁉」

澄代はすっとんきょうな声をあげた。

他の三人もかなり驚き、戸惑っているようだ。亭平と理紗子も顔を見合わせている。

「どうせ事務所はほとんど使ってらっしゃらないんですよね？　休憩室だって、なくてもかまわないでしょう」

「それはそうですけど、でも、どうしてあたしたちが二階へ？」

「エレベーターが一つしかない以上、どうしても澄代さんと理紗子さんが顔を合わせることもあるでしょう。ですが澄代さんが階段、理紗子さんがエレベーターと使い分けをすれば、顔を合わせることはほとんどなくなります」

「……それだけですか？」

澄代の問いに、祥明はにっこりと微笑《ほほえ》む。

「それでたぶん、唯一にして最大のデメリットを解消できますよ」

「あの、でも、あたしの、通勤時間を短縮したいっていう希望は……」

「理紗子さん」

このとき、はじめて寛平が理紗子に話しかけた。

「会えなくなったら、きっと寂しくなるね」

「えっ……!?」

寛平はそれ以外何も言わない。

「あの、でも……」

「…………」

「その……」

「…………」

「……そう、ですね。あんまり遠く離れてしまうのも、寂しくなりますものね」

ついかわいい嫁を演じてしまう。

自らのおそろしい習性に負けてしまった理紗子であった。


若田家の四人が帰っていった後、祥明は珍しく、瞬太にお茶を頼んだ。

「しゃべりすぎて喉《のど》が……」

喉を押さえて、顔をしかめている。

「今日はいつも以上にべらべらしゃべってたもんな。でもよくあの二人を説得できたってびっくりしたよ」

瞬太はお茶をいれて、祥明にだした。

「あの二人が合理主義者だったからな。普通は、どんなに損得が釣り合わなくても、嫌いな姑や嫁とは暮らしたくないと思うものさ」

「そういうものなのか？」

「特に嫁姑はな」

苦々《にがにが》しい口調で言う。

祥明自身は結婚していないし、安倍家は父が婿養子なので嫁姑トラブルに巻き込まれたことなど一度もないのだが、日々陰陽屋に嫁姑相談が持ち込まれるので、すっかり詳しくなったらしい。

「澄代さんと理紗子さんは大丈夫かな……」

「相性が良いっていう暗示をかけておいたからな。しばらくは大丈夫だろう」

「相性の暗示って、けっこうきくものなの？」

「あの二人はたまたま占いに影響されるタイプだったからな。理紗子さんは自分で澄代さんとの相性を調べていたし、澄代さんも鬼門がどうのこうのって言ってただろう？」

「ああ、そういうことか」

当然ながら、そもそも占いを信じない人には、暗示はきかないのだ。

「でも前世だの相性だの、のどが枯れるほど苦労して説明したのに、結局最後はお父さんの一言で決まっちゃったね」

「…………キツネ君、最近一言多いぞ」

祥明は右肘をテーブルについて、額をおさえた。

「あっ、ごめんごめん、傷ついた？」

「うるさい」

銀の扇を閉じたまま、瞬太の頭をペシッとたたく。

「とにかく、若田さんがどんどんやつれていくのを、もう見ないですむな。やれやれだ」

「若田さん、よく逃げださなかったよね」

「キツネ君だったら絶対に逃げだしていたな」

「うっ」

否定できない。

いや、間違いない。

「だってあの奥さんにあのお母さんだし……」

瞬太はもごもご言い訳をする。

「まあ、ホワイトデー前に解決してよかったよ。そろそろチョコを持ってきてくれたお客さん用のお返しを用意しないといけないし」

「うっ」

「キツネ君、まだお返しをどうするか迷ってるのか？」

「うう……雅人さんに、お返しをする資格なしって言われた。でも忘れたふりもだめだって。一体どうすればいいのか……」

耳も尻尾《しっぽ》もうなだれて下をむいてしまっている。

「まあ、迷ってるのなら、つきあう方が楽だけどな。断るのはエネルギーがいるし」

「えっ、そうなの？」

さすが、チョコをもらい慣れている男は言うことが違う。

「断ったのに、あなたなしでは生きていけない、とか、お試しで一ヶ月だけでいいからつきあって、ってくいさがってくる女性に限って、根負けしてつきあってみると、あっさり母の妨害に屈するんだよ……」

祥明は祥明なりに、黒歴史があるようだった。

十

一週間後の三月十四日、月曜日。

瞬太がぐずぐずしていると、五時間目の終わり頃、青柳から携帯にメールが入った。

「放課後、ちょっとだけ話をしたいんだけど。陰陽屋さんのバイトがあるのはわかってるから、五分でいいよ」

しびれをきらしたのだろう。

女の子の方から連絡させるなんてホスト失格だ、と、雅人が知ったら激怒するにちがいない。

もちろん決して忘れたわけではない。

ただ勇気がなかっただけで……。

「おくじょうでまってる」

瞬太は再びトイレにかけこみ、たどたどしい手つきで返信メールをうった。

放課後。

屋上のドアをあけると、ふんわりとした薄雲がひろがる、明るい花曇《はなぐもり》の空だった。肌寒い早春の風が、青柳の黒い髪をゆらしている。

「バイト前によびだしたりしてごめんね」

瞬太を見つけると、青柳は微笑みをうかべた。

「あ、あの、青柳、これ……」

瞬太はかばんをひっかきまわして、中から、お菓子が入った袋をとりだした。

「あの、本当は、青柳が好きなお菓子をあげなきゃいけないんだろうけど、よくわからなかったから、おれの好きなホヤぼーやサブレーを、ばあちゃんに送ってもらったんだ」

「えっ、わざわざ送ってもらったの？」

「う、うん、気仙沼《けせんぬま》の名物。よかったら、食べてみて」

「ありがとう」

青柳はすごく嬉しそうな顔で、サブレーを受け取る。

「あの……それで……」

瞬太はぎゅうぎゅうかばんを握りしめた。

「あたし、沢崎君が好き」

「えっ!?」

面とむかって言われて、瞬太はうろたえる。

「ちゃんと言っておきたかったの」

言った後で、ぱあっと青柳の顔が赤くなった。

「不器用だけど、いつも一所懸命で優しい。雨の中、都電を追いかけて走ってくれたこと、すごく嬉しかった」

「知ってたんだ」

瞬太は急に恥ずかしくなり、うつむいて頭をかく。

「おれ、その、馬鹿だから、そんなことしかできなくて……えっと……」

だんだん何を言っているのか、わけがわからなくなる。

「あの……おれ……えっと……」

のどがからからだ。

心臓は早鐘をうち、身体中から汗がふきだす。

青柳は息をころして、瞬太の言葉を待っている。

「おれ……好きな娘《こ》がいるんだ……」

「うん」

青柳が小さくうなずく。

もしかしたら、三井のことを気づいていたのかもしれない。

「もうとっくにふられてるんだけど、でも、忘れられなくて……」

だめだ、ちっともうまく言えない。

青柳は黙って、少し悲しそうな笑顔で、続きを待っている。

断る方がエネルギーがいる、と、祥明が言っていた通りだ。

でもあの夏の日、三井はちゃんと話してくれた。

おれは逃げようとしたけど、三井は逃げなかった。

瞬太は大きく息を吸いこむ。

「あの、でも、本当に、青柳からチョコもらって嬉しかった。生まれて初めてのチョコで、こんなだめなおれのことを、えっと、何て言うか、その、ありがとう」

瞬太はかばんを握りしめたまま、がばっと頭をさげた。

「ありがとう」

「うん」

青柳はきれいな笑顔で、瞬太のありがとうを受け取る。

ひんやりとした風にのって、沈丁花《じんちょうげ》のすがすがしい匂いが通りすぎていった。

第四話

はじまりは桜の木の下

一

校庭の桜もちらほら開きはじめた、三学期最後の日の夜。

いつものように陰陽屋《おんみようや》でのバイトを終え、オリオン座を見ながら坂道をのぼっていくと、白木蓮《はくもくれん》の甘い芳香にまじって、強烈な匂いが空腹を直撃した。

「こ……この、美味《おい》しそうな匂いはっ……！」

瞬太《しゆんた》はたまらず家まで走り、玄関のドアをあける。

「メカカマ！　じゃない、ただいま！」

たたきに靴を脱ぎ捨て、かばんも放りだした。

「おかえり、瞬太」

みどりの声だ。

「メカカマどこで買ってきたの⁉」

「あいかわらずすごい鼻してるわね。犬並じゃない？」

ダイニングキッチンで瞬太を待ち構えていたのは、予期せぬ人物だった。

「瑠海《るみ》ちゃん……」

小野寺《おのでら》瑠海。宮城県気仙沼《けせんぬま》市に住むみどりの姉の娘、つまり瞬太の従姉《いとこ》である。瞬太と同じ年で、この春で高校三年生だ。

「その顔はなによ。おばあちゃんのメカカマ唐揚《からあ》げを持ってきてあげたのはあたしよ」

「あ、ありがとう。その、まさか、瑠海ちゃんが来てると思わなくて」

瞬太は瑠海がさしだしたメカカマの唐揚げを一個受け取った。

メカカマというのは、メカジキのカマ、つまりエラの後ろの身のことだ。東京ではカマといえばブリをさすことが多いが、気仙沼では、ブリはもちろん、メカジキやマグロ、カツオのカマも食べる。

「はー、このプリプリの歯ごたえにジューシーな魚肉、クセになるジャンクなスパイス。ばあちゃんのメカカマ唐揚げは最高だよね」

瞬太はたまらず次の一個に手をのばす。

「それにしても瑠海ちゃん、久しぶりだね。法事以来だっけ？　すごく大人っぽくなっててびっくりした。お化粧してる？」

「もうすぐ高三なんだし、東京まででるんだからメイクくらいするでしょ、普通」

「そうなんだ」

飛鳥《あすか》高校では校則で禁止されているので、色つきのリップクリームくらいしか見たことがない。それも淡いピンク程度だ。もしかしたら校外ではみんな化粧をしているのかもしれないが。

「瞬太は全然かわってないね」

瑠海の言葉が瞬太の胸をえぐる。どうやら瞬太は成長がとまりつつあるようで、高校にはいってからほとんど背がのびていないのだ。

「……ちょっとだけ背がのびたよ」

「そう？」

「二年生になってから、八ミリくらい、かな……」

昼食仲間たちは着々と背が伸びているので、差がひらく一方である。もっとも岡島は身長だけでなく、体重も増加しているが。

「残念ながら一センチいかなかったってわけね。もう春休みだし」

「うう……。あ、そうか、瑠海ちゃんも春休みか。えーと、東京観光？」

「違うよ。オープンキャンパス巡《めぐ》りをしようと思って」

「オープン？　なに？」

「要するに大学の下見に来たってこと。あんたには関係ないから知らないか」

「う、まあね」

瞬太はそもそも三年生になれるかどうかが危ぶまれている状況なので、卒業後の進路どころではない。春休み中にまた三者面談が予定されていると思うと、憂鬱《ゆううつ》である。

「紫里伯母《ゆかりおば》ちゃんも一緒なの？」

「ううん、お母さんは春休みも何かと忙しいから、今回はあたし一人だけ。クラス分けとか部活の顧問とか、いろいろあるんだって」

瑠海の母の紫里は、中学校の先生をしている。父は漁師で、一年の大半は遠洋にでており、家にいないことが多い。

「瑠海ちゃん、一人で東京まで来たの!?　すごいね！」

「高校生にもなれば一人旅くらいできるよ。ま、あんたは気仙沼に一人で来るなんて絶対無理だろうけど。新幹線で寝過ごして、青森まで行っちゃうのが関の山だよね」

「うっ」

まったくその通りなので、ぐうのねもでない。

瑠海は昔から成績がいい上に、しっかり者で弁もたち、寝てばかりでいまふたつ賢さに欠ける瞬太のことを見下している気がする。いや、おそらく気のせいではないだろう。

「そういえば、瞬太のことだし、どうせ春休みも毎日ぐうぐう寝てばっかりなんだろうと思っていたら、アルバイトしてるんだって？」

「うん。陰陽屋っていう店で働いてるんだ」

「とっても素敵な陰陽師《おんみようじ》さんのお店だから、瑠海ちゃんも行ってみるといいわ」

みどりの言葉に、瑠海は目をしばたたいた。

「陰陽師って、あの陰陽師？　映画や小説で妖怪退治をしている人たちだよね？」

「映画の陰陽師みたいな服は着てるけど、妖怪退治はしてないよ。たまにお祓《はら》いもするけど、ほとんど占いとお守りだね。受験生には合格祈願のお守りがおすすめだよ」

さすがに二年以上陰陽屋でアルバイトをしているので、このくらいのことは言えるのだ。

「それ本当に効果あるの？」

「うーん、おれだったら王子稲荷《おうじいなり》のお守りを買うかな」

「だめじゃん」

「まあとにかく目がさめるようなハンサムだから、だまされたと思って行ってくるといいわよ」

「ふーん」

ある意味、王子で一番の観光スポットだから、と、みどりは強くすすめるが、瑠海はいまひとつ気乗りしない様子である。

なんだか波乱の春休みになりそうだなあ。

瞬太は悪い予感をおぼえつつも、とりあえず三個目のメカカマにかぶりついたのであった。

二

うららかな陽光がふりそそぐ、春休み二日目のお昼どき。

飛鳥高校での三者面談を終え、沢崎《さわざき》一家はよろよろしながら校門をでた。

みどりも吾郎《ごろう》も自分が行くと言って譲らず、結局、四者面談になったのである。

「飛鳥高校は単位制ですから、三年生に仮進級させることは可能です。しかし今の調子では卒業単位が全然たりません。ほとんどの教科で授業についていけないでしょうし、私としては、もう一度二年生をやり直すことをおすすめします」

クラス担任の井上《いのうえ》先生の厳しい言葉に、吾郎は冷や汗をかき、みどりはそれでも進級させてもらえると喜び、瞬太本人は事態がよく飲み込めず困り顔である。

「私が見るところ、沢崎君の場合、致命的にやる気がないのが問題です。二学期は短期的に頑張りましたが、三学期はまたもとにもどってしまいましたね」

瞬太はギクリとして首をすくめた。

冬休みの修学旅行が終わった後、すっかり気がぬけてしまい、全然さっぱりまったく勉強する気がおきなかったのである。

しかもバレンタインデーで予期せぬ奇跡がおこったため、舞い上がったり混乱したりで、勉強どころではなかった。

その結果は学年末テストにはっきりあらわれ、赤点が四教科という大惨事になってしまったのである。

「すみません、どうもやる気が長続きしない性格で」

「よく言ってきかせますので、何とか三年生に進級させてやってください」

瞬太にかわって、みどりと吾郎が平謝りした。

「そもそも沢崎君は進学を希望していないんですよね？」

「うん、勉強は嫌いだから、大学にも専門学校にも行きたくない」

「とはいえ就職といっても、うちの子にできる仕事があるのか……」

「せめて専門学校に行きなさい、二年間の辛抱《しんぼう》よ」

三人の意見がわかれ、井上先生に苦い表情をされる。

「就職なら就職でもかまいません。毎年何人か就職する生徒もいます。うちの高校には福祉や演劇など、将来の職業に生かせる授業もありますから、卒業後何をやりたいのか、新学期が始まるまでにちゃんと考えておいてください」

先生に厳しくクギをさされたのであった。

校門をでた時には三人とも疲れはて、へろへろだった。

明るい陽射《ひざ》しが目にしみる。

「なんとか三年生に仮進級させてもらえることになってよかったわね」

心の底からほっとした様子で、みどりが言った。

「でもまた明日から補習だよ。春休みなのに宿題までだされちゃったし。あーあ」

「まあそのくらいですんでよかったじゃないか」

「仲良しの高坂《こうさか》君たちと一緒に卒業したいでしょ？」

「それはそうだけどさ」

春休みは王子《おうじ》が桜でいっぱいになる一年で一番きれいな季節なのに、補習に宿題だなんて、がっかりすぎる。

自分が招いた事態なので、三学期の自分をうらむしかないのだが……。

「ところで二人はお昼ご飯どうする？　あたしは午後から仕事だから、家に帰る時間はないんだけど」

みどりが腕時計を確認しながら言った。

「じゃあみんなで王子《おうじ》神谷《かみや》駅のファミレスに入る？　あ、瑠海ちゃんが一人ご飯になっちゃうか」

「ああ、瑠海ちゃんは今日はオープンキャンパスに行くからお昼はいらないって言ってたよ。大学の食堂でランチなんだそうだ」

吾郎の言葉に、瞬太は少しだけ戸惑った。

「大学でランチか」

自分は大学に行く気などかけらもないのだが、それでも同級生の従姉が着々と大学受験の準備をすすめていると聞くと、一人だけ取り残されていくようで、ちょっと寂しい。

江本と岡本も二学期から予備校に通いだしたし、みんなこの春休みは、キャンパス巡りとやらをやっているのだろうか。

卒業になるか退学になるかはわからないが、いずれ高校とはお別れする日がくるんだから、いいかげん自分も何の仕事をするのかまじめに考えないとなあ……。

「瑠海ちゃん、なんだか様子がおかしいのよね」

みどりは頰《ほお》にひとさし指をあてて、首をかしげた。

「何が？」

「紫里姉さんに電話して、瑠海ちゃんが無事に着いたわよって言ったら、本当に一人で東京に行ったの、って、驚いてたし」

「えっ、無断で来たの!?　まさか家出!?」

瞬太はぎょっとして尋ねた。

「ちょっと東京に行こうと思う、って朝メールしてきたから、春休みは忙しいからお母さんは無理って返事をだしたら、その日のうちに一人で荷造りして行ってたって」

「家出ってわけじゃないのか。でもすごい行動力だね」

「それに、大学の下見に来たって言うわりに、あんまり出歩いてないのよ。本人はちょっと風邪っぽいからって言ってたけど」

「む、じゃあ今夜はお粥《かゆ》がいいかな？　とにかく何か栄養のあるものをつくらないと。風邪にはビタミンだっけ？」

吾郎はここぞとばかりにはりきった。

だがその夜、瑠海は、ダイエット中だから、と、吾郎のかぼちゃ粥を半分以上残してしまったのである。

三

翌日の午後、いつものように瞬太が童水干《わらべすいかん》を着て陰陽屋の階段を掃《は》いていると、ふらりと瑠海があらわれた。

まだ風邪が治らないようで、大きなマスクをしている。

「家にいたら吾郎おじさんが心配するから来てみたんだけど、その格好は一体何のつもり？　どんびきなんだけど」

「別に好きで着てるわけじゃないよ。ここの店員の制服なんだ」

「そのつけ耳と尻尾《しっぽ》も？」

「まあね」

どうやら瑠海は瞬太が化《ば》けギツネであることを知らないようだ。

「キツネ君のお友だちですか？」

二人の話し声を聞きつけて、祥明《しょうめい》が店の入り口まででてきた。

「ばばばっ、本当に陰陽師!?」

ばばば、というのは、気仙沼弁でびっくりした時に使う言葉だ。東京ではずっと気仙沼弁を封印していた瑠海だが、ついでてしまったらしい。

昔、みどりから教わったところによると、「ば」の数が増えるほど、驚きが大きいことを示している。要するに、「えっ」にあたるのが「ばばっ」、「ええっ」にあたるのが「ばばばっ」、「えええええっ」にあたるのが「ばばばばばっ」ということらしい。

「だからそう言っただろ。祥明、この娘《こ》はおれの従姉の瑠海ちゃん。春休みだから、大学の下見に来てるんだ」

「こんにちは、お嬢さん、陰陽屋へようこそ。この店の主の安倍《あべ》祥明です」

「お嬢さん……？　あたし……？」

「みどりさんの姪御《めいご》さんですか？　美しい瞳がそっくりですね」

「……えっ」

祥明にまっすぐ目をのぞきこまれて、瑠海は一歩後じさる。

「せっかくいらっしゃったんですから、占いでもいかがですか？　もちろん無料でけっこうですよ。キツネ君のバイト代からひいておきますから」

「えっ⁉」

今度は瞬太が驚きの声をあげた。

「じゃあお願いします」

「瑠海ちゃん⁉」

「文句あるの？」

「ないけど……」

瑠海にじろりとにらまれて、すごすごとひきさがる。みどりもそうだが、小野寺家の女たちはみんな押しが強すぎだ。

「ではこちらへどうぞ」

祥明の案内で、瑠海は店の奥にあるテーブル席についた。

「何を占うの？　やっぱり恋占い？」

瞬太の問いに、瑠海は皮肉まじりの笑みをうかべる。

「今さら恋占いなんて、ばかばかしい」

恋占いなんて、子供っぽかっただろうか。

「えーと、そうか、瑠海ちゃんは受験生だもんね。じゃあ大学選びなんてどう？」

「そうだね、来年の春、大学に行けるかどうかを占ってもらおうかな」

「えっ、瑠海ちゃんでも、大学に落ちる心配なんてするの⁉」

「盲腸や交通事故で受けに行けない可能性だってあるじゃない。瞬太はいいよね、そもそも受かる可能性ゼロだから、占う必要もなくて」

「う、まあね」

毒舌は祥明で慣れている瞬太だが、瑠海のあまりのとげとげしさにしょんぼりと耳を垂らした。

「わかりました。それでは手相を拝見させていただけますか？」

祥明は瑠海の両手をとって、ゆっくりと見る。

「きれいな頭脳線ですね。生命線も力強くて……ん？」

瑠海のてのひらを見て、祥明は眉をひそめた。

「……これは……」

「だめ、なんですか？」

「そういうわけではありませんが、目的は果たされるが、一方で、多大な犠牲を伴う、と、でています」

「大学に行くためには、いろいろ諦《あきら》めなきゃだめってこと？」

占いの結果を聞き、瑠海はさっと蒼《あお》ざめた。額に脂汗をにじませたかと思うと、次の瞬間、テーブルにつっぷしてしまう。

「キツネ君、みどりさんに連絡を！　熱は⁉」

「大丈夫、いつもの貧血だから……」

瑠海は荒い息で、みどり叔母《おば》ちゃんに連絡する必要はないよ、と、言った。

「祥明、おまえが変なことを言うからだろ！　瑠海ちゃん、大丈夫、祥明の占いなんて当たるも八卦《はっけ》、当たらぬも八卦だから！　本気にすることないよ！」

「わかってるわよ、そのくらい……。ちょっと休めばおさまるから、静かにしてて」

「ご、ごめん」

瑠海はしばらくの間テーブルにつっぷしていたが、「もう大丈夫」と、身体《からだ》をおこした。相変わらず顔色は青白いが、呼吸は落ち着いている。

「お騒がせしました、帰ります」

「キツネ君に送らせますから少々お待ちを」

「一人で帰れます」

「待ってくださらないのなら、この格好のまま送らせることになりますが」

瑠海は童水干にキツネ耳と尻尾の瞬太を一瞥《いちべつ》し、ふう、と、嘆息をもらした。

「仕方ないですね、待ちます」

「うう……」

瞬太は耳をしょんぼりと伏せながらも、大急ぎで休憩室へ着替えに行った。

夜七時前、瞬太と瑠海が沢崎家に帰ると、みどりが出迎えてくれた。

「あら、瞬太も帰ってきたの？　今日は早かったのね」

「うん、瑠海ちゃんが心配だから送って帰れって祥明が」

「何かあったの？」

「別に。夜道だからじゃない？」

瞬太が答える前に、瑠海が答えてしまった。しかも嘘だ。

「え……」

「でしょ？」

瑠海は瞬太をキッとにらむ。

みどりには黙っていろということらしい。

「う……ん」

心配をかけるなということだろうが、みどりは看護師なんだし、ちゃんと話して、食事のこととかアドバイスしてもらった方がいいんじゃないのかなぁ。

瞬太は戸惑《とまど》いながらも瑠海の目力《めぢから》に負けて言いだせないでいた。

四

翌朝も、風邪ひきの瑠海のために、吾郎ははりきって朝粥をつくった。今度は残さ
れないよう、かぼちゃをやめ、鮭のお粥にしたらしい。

「あら、鮭のお粥？　かぼちゃとくらべてそんなにカロリー違わない気もするけど、
見た目がきれいでいいんじゃないかしら」

「そうだろう？　このサーモンの色と、ネギの緑の対比がきいてるんだよ」

吾郎が胸をはっていると、ちょうど瑠海がおきてきた。

「おはようございます」

「おはよう、瑠海ちゃん。今日のお粥は……」

「あ……」

一度は食卓につこうとした瑠海が、急に立ち上がり、洗面所へかけこんでしまった。

「瑠海ちゃん、どうした⁉　何か腐ってた⁉」

慌《あわ》てふためいて吾郎が後を追う。

「まだ一口も食べてないのに、そんなわけないでしょ」

冷静につっこみながら、みどりも後に続いた。つられて瞬太も様子を見に行く。

「瑠海ちゃん、どうしたの？　吐き気？」

「うん、急に気持ち悪くなって……。ずっと風邪薬飲んでるから、胃が弱ってるみたい……」

「ちょっと横になった方がいいわね」

みどりは瑠海をリビングルームに連れて行った。

「瞬太はさっさと食べて学校へ行かないと、補習に遅れるわよ」

「あー、そうだった」

瞬太はダイニングキッチンへもどって、トーストをぱくりとかじる。

「瑠海ちゃん、大丈夫かな？」

「母さんにまかせておけば大丈夫だろう。プロなんだし」

「そうだよね」

瞬太がうなずいた時、リビングルームからみどりの声が聞こえてきた。

「瑠海ちゃん、もしかして、何かあたしに相談したいことがあって一人で東京に来たんじゃないの？」

「……叔母ちゃん、仕事に遅れるよ」

「わかった、じゃあ、夜ゆっくり話を聞くわね。日勤だから六時には終わるわ」

瑠海の答えは聞こえない。

しばらくして、みどりがダイニングキッチンへ戻ってきた。

「瑠海ちゃん、風邪はそれほどでもないけど、とにかく体調が悪いみたいだから、今日はゆっくり寝かせてあげて。食事も無理にとらせないでいいから。冷蔵庫にスポーツドリンクあったわよね？」

吾郎にこまかく指示をだす。こういう時のみどりは、きりりとした看護師長の顔になっていて、なかなか格好良い。

「水分補給だね、わかったよ」

「でかけようとしたら止めてね」

「うん」

「というわけで、もう出ないとあたしたち遅刻よ！　瞬太」

「あっ」

瞬太は食べかけのトーストを口におしこんで立ち上がった。

五

その日は午後から大粒の雨が降りだした。

春のあたたかい雨だが、階段の掃除はできないので、瞬太の仕事は店内のはたきかけになる。

お客さんが来ないのをいいことに、祥明はごろごろと本を読んでばかりだ。

「そういえばキツネ君、昨日のお嬢さんはどうしてる？」

「瑠海ちゃんは寝てるんじゃないかな。今朝も胃がおかしいって吐いちゃって、一日寝かせた方がいいって母さんが言ってた」

瞬太ははたきを動かしながら答える。

「それならいい」

「祥明がお客さんのことを心配するって珍しいね。そんなに瑠海ちゃんの手相が悪かった？」

「悪かったのは手相じゃなくて、てのひらだよ」

「どういう意味？」

はたきを動かす手を止めて尋ねた。

「てのひらが冷たくて、爪《つめ》の色がひどく青白かった。顔色は化粧でごまかせるが、てのひらはごまかせないからな。本人もずっと貧血だって言ってたし、ちゃんと病院でみてもらった方がいいレベルだ」

ホスト時代から毎日のように手相占いをしている祥明は、占いがあたるかあたらないかは別にして、てのひらや爪の状態から体調をよみとるのが得意なのである。

「でも女子高生の貧血って、別に珍しくないよね」

「ただの貧血だとあなどって放置していると、実は胃腸のがんだったり、白血病だったりすることもあるぞ」

「ええっ」

祥明にさらりと恐ろしいことを言われ、瞬太は愕然とした。

「しかも、大学に行けるかどうか占ってほしいと言った時の、彼女の挑戦的な目。進学は絶望的だとわかっていると言わんばかりだった」

「あれはおれも変なこと占うんだなって思った。瑠海ちゃん、すごく成績いいのに、盲腸がどうとかって……」

「成績以外の要因で、大学進学が困難なんだろう」

「……つまり、病気がすごく重いってこと……？」

瞬太ははたきを握りしめて、棒立ちになった。

六

その夜。

陰陽屋のアルバイトが終わって瞬太が帰宅したのは、八時すぎだった。

ダイニングキッチンでは吾郎が一人、深皿に大量にもりつけた豚の角煮を前に、寂しそうに背中を丸めて腰かけている。

「あれ、父さん一人？　母さんは日勤じゃなかったの？」

「今から病院をでるってメールがさっききたから、もうそろそろ帰ってくるんじゃないかな」

「瑠海ちゃんは？」

瞬太の問いに、吾郎がビクッと肩をふるわせた。

「瑠海ちゃんは豚の角煮を見た途端、吐き気がするって……」

吾郎は悲しげに言う。

「やっぱり胃がおかしいのかな……」

「父さんの角煮が不味《まず》そうだったのかもしれない……」

「そんなことはないと思うけど」

祥明の言葉が瞬太の頭をぐるぐるとかけめぐる。

貧血、胃腸のがん、白血病、大学進学をあきらめるほどの病気、胃が……

もしかして、大きな病院で検査を受けるために、一人で東京へでてきたのか？

瞬太は制服のまま、瑠海が寝ているリビングルームへかけこんだ。

ガッと勢いよくドアをあける。

「瑠海ちゃん！　今すぐ病院へ行こう！」

「え？」

布団で横になっている瑠海が、眠そうに目を片方あけた。

「大丈夫、悪い病気でも、発見がはやければ治療できるから！　病院へ行くのが怖いのなら、おれもついて行くし！」

「はあ？　あたし病気なんかじゃないわよ」

「だって、ずっと貧血で、吐き気があるんだろ⁉」

「だからそれは、病気じゃないって……」

「いいから瞬太は部屋から出てなさい！」

ちょうど帰ってきたみどりに、強い口調で叱られてしまう。

「でも……」

「着替えて、手を洗って、晩ご飯を食べる！」

「はい……」

みどりに追い出されてしまい、瞬太はとぼとぼと二階の自分の部屋へあがった。着替えてふたたびダイニングキッチンへもどる。

瞬太が食卓につくと、また、みどりの声が聞こえてきた。瑠海に話しかけているのだろう。

「瑠海ちゃん、もしかして、妊娠してるんじゃない？　今月、生理はきた？」

瞬太はブッと角煮を噴きだしそうになる。

聞いちゃいけない話かも、と、思いつつも、聞かずにはいられず、ついついキツネ耳をそばだててしまう。

だが瑠海は返事をしない。

「隠さないでも大丈夫よ。あたしに相談したくて、一人で東京に来たんでしょ？」

「みどり叔母ちゃん……」

瑠海はわっと泣き出したようだ。

見えなくても嗚咽《おえつ》でわかる。

「誰にも言えなくて辛《つら》かったんでしょう、かわいそうに。お母さんにも言いづらいわよねぇ」

瑠海の母親は中学の先生なのだが、生活指導に厳しい、スパルタでならした強面《こわもて》なのだ。父は遠い海の上で、兄は仙台《せんだい》で暮らしている。もっとも、たとえそばにいたとしても、父と兄には相談しづらいだろう。ましてや昔気質《むかしかたぎ》の祖父母には話せない。

「もう大丈夫よ。叔母ちゃんがいるから。どうするのが一番いいか、一緒に考えようね」

みどりが優しい手つきで、ゆっくりと瑠海の髪をなでている音がかすかに聞こえる。

「ありがとう」

瑠海が小さな声で言った。

「病院へはもう行ったの？」

「ううん。でも、検査薬で確認したから間違いないと思う」

「子供ができたこと、相手は知ってるの？」

「うん。終業式の後で言った。高校の同級生なんだけど、もしも産みたいのなら、自分が高校やめて働くから結婚しよう、マグロ漁師なら高卒でもかせげるから大丈夫だ、って」

なんて男らしい、責任感あふれるやつなんだ……！

さすが東北男児。

瞬太は角煮をかみしめながら感動に震えた。

自分はそんな立場にたったことは一度もないが、なかなか言えることじゃない、と、思う。たぶん。

「口先だけよ。顔は真っ青で、手がぶるぶる震えてたもん。目もうつろだったし」

「うっ」

そりゃそうか……。

高校生じゃそれが精一杯だよな。

「やっぱり父さんの角煮、不味《まず》い？」

瞬太の百面相を見て、吾郎が心配そうに尋ねる。

「う、ううん……」

「そもそも、あたしが産みたいなら、ってどういうこと？　本当は自分は嫌だけど、でも、仕方ないからってことなの？　本心では高校やめたくないんでしょ？　今年こそインターハイ行きたいって言ってたもんね、って問い詰めたら、黙り込んじゃって……」

瞬太はまだ見ぬ東北男児に心底同情した。

瑠海ちゃんは普段から話し方に容赦がない。

それが、つけつけと問い詰めたというのだ。

きっと涙目だったに違いない。

「あたしだって高校やめたくない。大学行きたい。子供を産んで育てる自信なんて全然ないよ。あたしがこんなことになったって周りにばれたら、お母さんだって、教師としての面子《メンツ》が丸つぶれになって、きっとすごく困るよね。でも中絶する勇気もなくて……お金だって何万円もかかるみたいだし……」

苦しそうに瑠海が声を震わせる。

「大丈夫よ、瑠海ちゃん。もしも育てられないんだったら、うちに連れてきて！　あたしが育てるから！」

「ええっ⁉」

みどりの宣言に、瞬太は椅子から転がり落ちそうになった。

「どうしたんだ⁉　角煮のせいか⁉」

「ち、ちが、か、母さんが……！」

瞬太が鯉《こい》のように大きく口をパクパクさせているのを見て、ようやく吾郎もピンときたらしい。

「瑠海ちゃんと何か重大な話をしているのか？」

瞬太はかくかくと首を縦にふる。

「あたし子供が大好きなのよ。瞬太も昔はかわいかったけど、すっかり大きくなっちゃったじゃない？　また赤ちゃんを育てられるなんて、すっごく楽しみだわ」

「ばばばばばっ……！　叔母ちゃん、それ、本気で言ってるの……!?」

「もちろんよ！　無理にとは言わないわ。瑠海ちゃんが産みたいと思うならっていう話よ。でもそしたら大学にだって行けるでしょ？　まあ半年くらいは高校を休学することになるかもしれないけど、先生には病気とか留学とか適当に言っとけばいいのよ」

「適当にって……」

みどりは瑠海の肩をぽんぽんとたたいたようだ。

「肩の力を抜いて。瑠海ちゃんはどうしたいのか、自分の気持ちを整理しよう。ね」

「ありがとう……」

しばらくすると、静かな寝息が聞こえてきた。

安心して瑠海は眠ったようだった。

七

翌日は朝から快晴だった。少し肌寒い東風が、こぶしの白い花びらをゆらす。

午後二時頃、再び瑠海が陰陽屋へあらわれた。

まだ顔色は悪いが、表情はだいぶ落ち着いている。

「瑠海ちゃん、出歩いて大丈夫なの？　その……風邪の具合は……」

「そんなバレバレの小芝居いらないから。あたしのこと知ってるんでしょ？」

「うん。昨夜、母さんと話してるのが聞こえちゃったんだ……。ごめん」

しょんぼりと耳を伏せて謝る。

「じゃあお詫《わ》びに、もう一回占ってよ。もちろんあんたのバイト代で」

「う、い、いいよ」

瞬太は瑠海をテーブル席に案内すると、休憩室でだらだらしていた祥明をよんだ。

「おや、キツネ君の従姉のお嬢さん、いらっしゃい」

「今日はあたしが幸せになれるか、占ってください」

「喜んで」

祥明はにっこり笑うと、テーブルの上に置かれた式盤《ちょくばん》をからりとまわした。

盤上の配置を見て、なるほど、と、うなずく。

「初伝《しょでん》が青龍《せいりゅう》、中伝《ちゅうでん》に天空《てんくう》、末伝《まつでん》に天乙貴人《てんおつきじん》」

「どういうこと？」

「良い配置です。途中困難があったとしても、必ず幸せな老後を迎えられることでしょう」

「ばばば、老後って！」

祥明の占いに、瑠海はけらけら笑う。

「そうか、幸せなばあちゃんか。それも悪くないね」

「特別サービスで、当店の護符をプレゼントしましょう」

「護符？」

「お守りみたいなものです」

「ありがとうございます。でもお守りなら王子稲荷の方がいいって、瞬太が言ってましたよ」

「……両方あると万全です」

祥明はにっこりと笑いながら、鋭い視線を瞬太におくった。

「る、瑠海ちゃん、今から王子稲荷に行こうか！　すぐそこだから！」

瞬太は慌《あわ》てて立ち上がり、瑠海の手をひっぱる。

「じゃあ陰陽師さん、またいつか」

「またお目にかかれる日を楽しみにお待ちしております」

祥明は優雅に銀の扇《おうぎ》をひろげて、会釈した。

王子稲荷神社の急な階段はさけ、脇の坂道から二人は参拝した。いつもは幼稚園のお迎えでにぎやかな時間だが、春休みなので、境内《けいだい》は静かに落ち着いている。桜は今のところ三分咲きといったところだ。

「あのさ、瑠海ちゃん」

「ん？」

「知ってると思うけど、おれ、養子なんだ」

「ああ、聞いたことあるかも」

「赤ん坊の時、あの桜の下に置き去りにされてたのを、母さんと犬のタロに拾われたんだって」

「……へえ」

瑠海は桜の枝を見上げ、まぶしそうに目を細めた。

「おれ、好きな女子にはふられるし、成績悪いし、いつもまわりに迷惑ばっかりかけてるけど、でも、父さんと母さんには大事にしてもらってるから」

過保護すぎて困ることもあるけど、という言葉は飲み込んでおく。

「うん、知ってる。みどり叔母ちゃんを見てると、ばかな子ほどかわいいって本当なんだなって思うよ」

「え……」

「このまえ三者面談に両親そろって行ってたよね？　なにあれ」

思いっきり小馬鹿にされて、瞬太は顔から火がでそうだ。

「おれはとめたんだけど……」

文化祭にも体育祭にも両親がそろって来てとても恥ずかしかったことは、黙っていることにした。

「と、とにかく、養子でも普通に幸せに育つこともあるから。とりあえず健康だし」

あれ、化けギツネは普通じゃないかな？

まあいいや。

「えーと、だから、子供を養子にだせってすすめてるわけじゃないよ。無理に一人で背負いこむことはないんだってことが言いたくて……」

「はいはい」

瑠海は瞬太の話を聞いているんだかいないんだか、社務所にむかってスタスタと歩きだした。

「お守りを売ってるのはあそこ？」

「うん」

「お土産に買ってよ」

「えっ、また!?　今月のバイト代残るかなぁ……」

陰陽屋の護符と王子稲荷のお守りをポケットに入れ、瑠海は気仙沼に帰っていったのであった。


その夜、沢崎家では久しぶりに三人で鍋《なべ》を囲んだ。鶏の豆乳鍋で、豆乳は若田《わかた》豆腐店の自家製である。

「瑠海ちゃんは小さい頃からずっと、自他ともに認める紫里姉さんの自慢の娘だったから、姉さんに言いだしにくかったのね。期待を裏切ることになるって」

小鉢にとりわけながらみどりが言う。

「自慢の娘っていうのも大変なんだね」

「そうね」

「母さんは本気で瑠海ちゃんの赤ちゃんを育てる気なの？　もし瑠海ちゃんが産むことにしたらだけど」

瞬太の問いに、みどりはふふっと笑った。

「あれは祥明さんに頼まれて言ったのよ。そう言えば瑠海ちゃんの気持ちが落ち着くからって」

「なんだ、お芝居だったのか」

瑠海が陰陽屋で倒れたことと、心身ともに不安定な状態にあることをみどりは聞いていたのだ。

「でもね、言ってるうちに、だんだん自分でもその気になってきちゃって。赤ちゃんって、大変だけど、本当にかわいいのよね。あったかくて、やわらかくて、ぷにぷにしていて、ミルクの匂いがするのよ」

「どうせ、おれはもうかわいくないよ……」

瞬太は口をとがらせながら、しらたきをつつく。

「ははは、あれは母さんの冗談だよ。でも男の子だったら、今度こそ一緒にガンプラ作りができる子に育てたいなぁ」

「父さんまで……！」

なんとなく傷ついた瞬太十八歳の春であった。

八

次の日も、午前中の補習を終えてから瞬太は陰陽屋にむかった。

休憩室で童水干に着替えながら、瞬太は珍しくため息をつく。

「昨日、上野《うえの》駅まで瑠海ちゃんを送って行ったんだけど、なんかさー、しみじみ考えちゃったよ」

「ん？」

ベッドに寝そべって本を読んでいた祥明が目をあげる。

「今までちゃんと考えたことなかったけど、おれを王子稲荷に置いて行った母親にもいろいろ事情があったのかな？　そもそもどんな人なんだろう、とか、ひょっとして女子高生だったのかな、とか……」

「おいおい、今まで考えたことなかったのか」

普通はすごく気になるところじゃないのか、と、祥明はあきれ顔をする。

「だって、考えたからって何かわかるわけじゃないし、考えるだけ時間の無駄っていうか、眠くなっちゃうからさ、おれの場合」

「妙な説得力があるな」

祥明は眉を片方つりあげ、感心した。

「事情もなしに子供を置いていく親というのは考えにくいから、何らかの事情があったのはまず間違いないだろうな」

「やっぱりそう思う？」

「だがキツネ君、お母さんとは限らないんじゃないのか？」

「へ？」

祥明が何を言いたいのかがわからず、瞬太は首をかしげる。

「生まれたての赤ちゃんだったら、母親が遺棄《いき》した可能性が高いが、おまえの場合は生後しばらくたっていたそうだし、育児に疲れた父親が置いて行ったのかもしれない」

「それは考えつかなかった……」

「あるいは祖父とか、祖母とか、兄とか、姉とか、近所の人とか。『小公子』では悪い叔父《おじ》さんの仕業《しわざ》だったかな？」

「わけがわからなくなるからやめろ！」

珍しく人がまじめに考えごとをしようとしたらこれだよ、と、瞬太はぼやく。

「真偽のほどを確かめるには、やはり実の父親なり母親なりを捜しだすしかないだろうな」

「そうは言っても、手がかりゼロだし」

「葛城《かつらぎ》さんに化けギツネの一族を紹介してもらうしかない……」

祥明の携帯電話がブルブル震えて、着信を知らせた。

「む、またか」

ディスプレイを見て、祥明は眉をひそめる。

「どうしたの？」

「ここ一週間ばかり、春記《はるき》さんがしつこくメールや電話で連絡してくるんだ。もちろん無視してるんだが」

「それ、いいかげんに電話にでないと、また寝袋持っておしかけてくるんじゃないの？」

「……嫌なことを言うな」

顔をしかめながらも、春記ならやりかねない、と、祥明も思ったのだろう。

「何か用ですか？」

いやいやながら電話にでた。

「やっとでてくれたね、ヨシアキ君。今年はまだ君に僕の気持ちを告げていないことに気づいたんだ」

「殺意ですか？」

「ひどいな、愛だよ、愛」

「たわごとしか言わないなら切りますよ」

「陰陽屋の店内に貼ってあった捜し人の写真、どこかで見たことがあった気がしてたんだけど、やっと思い出してね」

「え？　あのサングラスの女性ですか？」

祥明は表情をあらためる。

「うん。あの人、優貴子《ゆきこ》さんの友だちだよ」

「……は⁉」

安倍優貴子は春記の従姉にして、祥明の母である。

「優貴子さんがＳＮＳにのせている写真に、一緒にうつってるよ。ヨシアキ君は見てないだろうけどね」

「他人のそら似なんじゃ……」

「あ、タグもついてるな。えーと、名前は、月村《つきむら》さん」

「な………！」

灯台もと暗し。

祥明と瞬太は絶望的な表情で顔を見合わせた。

九

「行くしかないのか」

「行くしかないんだよね」

祥明と瞬太は、道中、何十回もため息をつきながら国立《くにたち》にむかった。

国立駅の改札で合流した葛城も、戸惑い気味である。

「ショウさんのお母さまといえば、あのピンドン事件の方ですよね……」

もはやクラブドルチェのみならず、六本木《ろっぽんぎ》のホストクラブでは知らぬ者がないというくらいの伝説となっているのだという。

「その節は本当に迷惑をかけたね……」

「おれ、捕《つか》まえられそうになったり、耳をひっぱられたり、とにかく目の敵《かたき》にされてるんだけど……」

三人は重い足取りで安倍家をめざした。

「やっと帰って来てくれたのね！　ヨシアキ！」

インターフォンを押す前に、いきなり優貴子が玄関からとびだしてきて、祥明にとびついた。

どうやら玄関前の様子をずっとモニターで見ていたらしい。

優貴子に五秒ほど遅れて、祥明の父の憲顕《のりあき》と、祖父の柊一郎《しゅういちろう》も玄関へでてくる。二人とも民俗学を研究しており、化けギツネの瞬太に興味津々なのだ。

「やめてください」

祥明は邪険に振り払おうとするが、そう簡単に振り払われる優貴子ではない。

「あたしに冷たくしていいの？　頼みがあるんでしょ？」

「ちょっとこの写真を見てほしいだけですよ」

祥明は月村颯子《さつこ》の写真を優貴子に見せる。

「あら、これ、颯子さん？」

優貴子の答えに、三人はうなずきあった。

間違いないようだ。

「どうして彼女を知ってるんですか？」

「旅友《たびとも》よ。金沢《かなざわ》旅行で知り合ったの。ね、憲顕さん？」

「んん？　そうだね、一昨年《おととし》、金沢旅行に行った時、兼六園《けんろくえん》で知り合った月村颯子さんだね」

たまたま兼六園のお茶室で同席し、話がはずんで、アドレス交換したのだという。

「お父さんも月村さんを知ってるんですか⁉」

「あたしと颯子さんが一緒にうつっている写真、撮影したのはお父さんだもの」

「なんだ、お父さんに聞けばよかったのか……」

祥明はチッと舌打ちした。

月村颯子は、両親の共通の友人だったのである。それを、あえて「優貴子の友だち」と言ったのは、春記の嫌がらせに違いない。

「でも本当に友だちなんですか？」

「失礼ね、何よその疑いの目は。去年だって一緒に香港《ホンコン》へ行ったんだから」

香港といえば、月村颯子の目撃情報があり、葛城が行った場所だ。

「彼女の連絡先はわかりますか？」

「ヨシアキ、まさかあなた、写真の颯子さんに一目ぼれしたんじゃないでしょうね⁉」

「違います」

「本当に⁉　マザコンの男の子って、年上の女性を好きになるって言うから、ママは心配だわ。颯子さんはすごくいい人だけど、ママよりも年上よ！」

「誰がマザコンですか！」

優貴子はぐずって、なかなか連絡先を教えようとしない。

「ヨシアキ、今、颯子さんに連絡した。一時間後にうちまで来てくれるそうだ」

見かねて状況を打破してくれたのは憲顕だった。

十

きっかり一時間後に颯子は安倍家に到着した。

話の邪魔をするにちがいない優貴子は、憲顕にひきずられるようにして部屋から連れだされたので、今いるのは、祥明、瞬太、葛城、そして柊一郎だけである。

月村颯子は、写真よりも髪を長くのばしていたが、それ以外は顔立ちも体型もほとんどかわっていなかった。大きなサングラスも健在である。

「お久しぶりです、颯子さま」

うやうやしく葛城が挨拶をする。

「元気でしたか、葛城？」

颯子に問われて、葛城は、はっ、と、頭をさげた。

この人が、化けギツネの中の化けギツネ、月村颯子か……。

ぶしつけな瞬太の視線に気づいたのだろう。

颯子は瞬太の方をむく。

「あら、久しぶりね、沢崎君」

「えっ!?」

「こうすればわかるかしら？」

颯子はサングラスを頭の上にはねあげ、金色をおびた赤い唇に笑みを刻んだ。日本人とか、外国人とかいうよりも、魔女っぽい。

この顔は……。

「……マウイ島のガイドさん!?」

「正解」

「キツネ君、なぜマウイで気がつかなかったんだ？」

祥明はあきれ顔で瞬太を問いただす。

「だってあの時は髪が真っ白だったし、キャスリーンって名乗ってたから……。えっ、キャスリーンが月村さんだったの!?」

「どうも海外の人たちにはサツコって発音しにくいらしくて不評だから、ニックネームのキャスリーンを使ってるのよ」

そういえばマウイ島では珍しくずっとおきていたので、高坂に不思議がられたのだった。てっきりキャスリーンの乱暴運転のせいで眠くならないのかと思っていたが、ひょっとしたら、同族がそばにいるのを本能が察知して、興奮状態になっていたのかもしれない。

「もしかして香港でもキャスリーンと名乗っておられたんですか？」

「そうよ」

「どうりで見つからないわけですね……」

葛城はがっくりと肩をおとし、悲しそうにつぶやいた。

「あのさ、キャスリーン……じゃなくて、颯子さんも、その、化けギツネなんだよね」

「ええ」

「おれも化けギツネなんだけど」

「一目見てわかったわ。あなた、目の色がお母さんにそっくりね」

「えっ……!?」

瞬太は息をのんだ。

「おれの母親を知ってるの……?」

今年ももうすぐ桜の季節がめぐってくる。

参考文献
『現代・陰陽師入門　プロが教える陰陽道』（高橋圭也／著　朝日ソノラマ発行）
『安倍晴明　謎の大陰陽師とその占術』（藤巻一保／著　学習研究社発行）
『陰陽師列伝　日本史の闇の血脈』（志村有弘／著　学習研究社発行）
『陰陽師』（荒俣宏／著　集英社発行）
『陰陽道　呪術と鬼神の世界』（鈴木一馨／著　講談社発行）
『陰陽道の本　日本史の闇を貫く秘儀・占術の系譜』（学習研究社発行）
『陰陽道奥義　安倍晴明「式盤」占い』（田口真堂／著　二見書房発行）
『鏡リュウジの占い大事典』（鏡リュウジ／著　説話社発行）
『野ギツネを追って』（D・マクドナルド／著　池田啓／訳　平凡社発行）
『狐狸学入門　キツネとタヌキはなぜ人を化かす?』（今泉忠明／著　講談社発行）
『キツネ村ものがたり　宮城蔵王キツネ村』（松原寛／写真　愛育社発行）

この巻の執筆にあたり、陰陽道についてご教示くださった高橋圭也先生に深く感謝申し上げます。

本書は、書き下ろしです。

よろず占《うらな》い処《どころ》 陰陽屋《おんみようや》恋《こい》のサンセットビーチ

天野頌子《あまのしょうこ》

2016年1月5日初版発行

発行者……………奥村 傳

発行所……………株式会社ポプラ社

〒160-8565 東京都新宿区大京町22-1

電話……………03-3357-2212(営業)

03-3357-2305(編集)

0120-666-553(お客様相談室)

振替……………00140-3-149271

フォーマットデザイン 荻窪裕司(bee's knees)

印刷・製本 凸版印刷株式会社

ポプラ文庫ピュアフル

ホームページ http://www.poplar.co.jp/ippan/bunko/

N.D.C.913/278p/15cm
ISBN978-4-591-14790-0

流され男子と頼れる猫又――
タマさま最強!!

天野頌子
『タマの猫又相談所
花の道は嵐の道』

装画：テクノサマタ

――うちの理生ときたら、高校生になったというのに、泣き虫で弱虫でこまったもんだ。やれやれ、おれがなんとかしてやるか――。

理生の飼い猫タマは、じつは長生きして妖怪化した猫又。流されるままに花道部に入部し、因縁のライバル茶道部との激しい部室争奪戦に巻き込まれてしまった理生を、タマが陰から賢くサポート。大人気「よろず占い処　陰陽屋」シリーズの著者が描く、ほんわかもふもふ学園物語。書き下ろし短編「空の下、屋根の上」を収録。

高校花道部の和室をめぐる戦い
理生の危機！　タマ様出動!!

天野頌子
『タマの猫又相談所
逆襲の茶道部』

装画：テクノサマタ

草薙家の飼い猫タマは、じつは長生きして妖怪化した猫又。しかしそれを知っているのは高校生の理生だけ。泣き虫で弱虫な理生に毎晩泣き言を聞かされるタマは、いつもやむを得ず理生のサポート役に。さて、二年生になった理生だが、所属する聖涼学院高校花道部は新入部員の獲得に苦戦。再び女王・鈴木花蓮率いる茶道部に和室を狙われて……。起死回生の策で高校生生け花コンクールに出場した理生たち、結果はいかに!?

「陰陽屋」の天野頌子の人気シリーズ第二弾！

ポプラ文庫ピュアフルの好評既刊

虚弱体質少年と、新型吸血鬼たちの
ユニーク・ハートフルストーリー！

佐々木禎子
『ばんぱいやのパフェ屋さん
「マジックアワー」へようこそ』

装画：栄太

四月はまだ寒い北の都札幌。中学生になった高萩音斗は、小学校時代から「ドミノ」と呼ばれてからかわれるほどすぐ倒れてしまう貧血・虚弱体質に悩んでいた。そんな彼を助けるために両親が連絡をとった遠縁の親戚たちは、ものすごく変わった人たちだった！　商店街にパフェバーをオープンした彼らのもとで、音斗は次第に強さと自分の居場所を見つけていく。

ユニークな世界に笑い、音斗くんの頑張りや恋心にほろりとするハートフルストーリー！

初めてできた友だちの恋のために
虚弱男子・音斗くんが頑張る!!

佐々木禎子
『ばんぱいやのパフェ屋さん
真夜中の人魚姫』

装画：栄太

北の都札幌、虚弱体質の中学生音斗を助けるために隠れ里からやってきた、音斗の遠縁の吸血鬼たちは、商店街のはずれに深夜営業のパフェ屋をオープン。彼らとそこに住み始めた音斗は、学校で初めて友だちができた。その友だちが公園でひと目惚れした人魚姫みたいな女性と、学校のプールに夜、人魚が出るという噂は、関係がある……？

「パフェバー　マジックアワー」で生まれた小さな恋を描いたサイドストーリーも収録。ユニークハートフルストーリー第二弾！

弱小流派の家元Jr.の奮闘を描いた
大傑作青春エンタテイメント、第2弾！

松村栄子
『風にもまけず粗茶一服』

装画：柴田ゆう

弓道、剣道、茶道を伝える坂東巴流の家元Jr.友衛遊馬、19歳。弱小流派を継ぐのを厭って家出中の身ながら、ようやく茶の湯に目覚めた――かと思いきや、なぜか比叡山の〈天鏡院〉で修行中？　一方、弟行馬を巻き込んだ宗家巴流の跡継騒動や、お目付け役カンナの結婚話にも、新たな展開が……。

めっぽう面白くてじんわり泣ける大傑作青春娯楽小説《エンタテイメント》、待望の第二弾！

〈解説・大島真寿美〉

ポプラ文庫ピュアフルの好評既刊

友だちが少ないあなたを歓迎します
笑いと涙の青春ミステリー！

笹生陽子
『家元探偵マスノくん――県立桜花高校★ぼっち部』

装画：丹地陽子

友だち作りに乗り遅れたチナツは、なりゆきで孤高の変人ばかりが集う「ぼっち部」へ入部することに。メンバーは、次期華道家元で探偵趣味のあるメガネ男子マスノくん、女優志望の西園寺さん、自称・魔剣の現身《うつしみ》の田尻くん、ネット越しでしか会話をしない正体不明のスカイプさん。そんな超個性派集団のもとに、次々と事件が舞い込んで――。NGワードは「一致団結」「和気あいあい」。孤独と謎を愛する人に贈る青春学園ミステリー！

ポプラ文庫ピュアフルの好評既刊

本と図書館を愛する人に贈る、
とっておきの〝日常の謎〟

緑川聖司
『晴れた日は図書館へいこう』

装画：toi8

茅野しおりの日課は、憧れのいとこ、美弥子さんが司書をしている雲峰市立図書館へ通うこと。そこでは、日々、本にまつわるちょっと変わった事件が起きている。

六十年前に貸し出された本を返しにきた少年、次々と行方不明になる本に隠された秘密……

本と図書館を愛するすべての人に贈る、とっておきの〝日常の謎〟。知る人ぞ知るミステリーの名作が、書き下ろし短編を加えて待望の文庫化。